KB061615

내가 혼자 여행하는 이유

DIE KUNST, ALLEIN ZU REISEN :
...und bei sich selbst anzukommen by Katrin Zita

© 2014 Goldegg Verlag GmbH, Berlin
Korean Translation Copyright © 2015 by Woongjin Thinkbig Co., Ltd.
All rights reserved.

The Korean language edition published by arrangement with
Goldegg Verlag GmbH, Germany through MOMO Agency, Seoul.

# 내가 혼자 여행하는 이유

7년 동안 50개국을 홀로 여행하며 깨달은 것들

카트린 지타 지음 | 박성원 옮김

걷는나무
walking tree

여행은 당신에게 적어도 세 가지의 유익함을 줄 것이다.
첫째는 세상에 대한 지식이고,
둘째는 집에 대한 애정이고,
셋째는 자신에 대한 발견이다.

ㅡ브하그완 S.라즈니쉬

## 누구나 인생에서 한 번은 자기만의 일과 사랑을
## 발견하기 위한 여행을 떠나야 한다

아메리칸 인디언의 윤리 규범에는 이런 구절이 있다. "스스로의 힘으로 자신의 진정한 자아를 탐구하라. 다른 누군가가 당신의 길을 대신 만들도록 허락하지 마라. 이 길은 당신의 길이자 당신 혼자서 가야 하는 길이다. 다른 이와 함께 걸을 수는 있으나, 어느 누구도 당신을 대신하여 걸어 줄 수는 없다."

나는 이 말에 전적으로 동의한다. 우리는 인생을 살면서 적어도 한 번은 스스로 자신의 내면을 들여다보고 자신이 어떤 사람인지, 어떤 삶을 살고 싶은지를 탐구해야 한다. 그런데 익숙한 일상에서 나의 내면을 들여다보는 것은 쉽지 않은 일이다. 자리를 잡고 앉아 마음에서 하는 소리를 들어 보려고 해도 오늘 회사에서 했던 말실수나 한가득 쌓여 있는 빨랫감, 또는 주말에 잡혀 있는 데이트가 불쑥불쑥 튀어나와 생각을 방해하기 때문이다.

우리를 방해하는 모든 것들로부터 거리를 두고 효과적으로 자아 탐구의 과정을 진행하려면 어떻게 해야 할까? 나는 혼자 여행하는 것을 추천한다. 반복되는 생활에서 벗어나 낯선 곳으로 여행을 가면 생각을 방해하는 훼방꾼 없이 내면으로 깊이 파고들 수 있기 때문이다.

혼자서 여행을 하는 동안에는 타인이 아닌 나 자신에게 더 귀를 기울일 수 있다. 자기 얘기만 하는 친구의 이야기에 맞장구칠 필요도 없고, 연인에게 양보해 주고 싶은 마음에 내가 원하는 것을 숨길 필요도 없다. 또한 혼자서 자신만의 리듬과 속도에 따라 세상을 여행하면 자신의 성향을 발견하고 잠재력을 계발할 수 있다. 즐겁고 가뿐한 마음으로 본연의 모습을 찾고, 세상 밖에서 자신을 기다리고 있던 것들을 만나 예상 밖의 긍정적인 변화를 이룰 수도 있는 것이다.

심리 코치로서 나는 사람들의 잠재된 능력을 찾아 주고, 재능을 극대화시키는 일을 하고 있다. 청소년들에게는 재능을 계발할 교육의 기회가 많지만, 성인들은 그렇지 않다. 사회적으로 성인들은 이미 재능이 모두 계발되었다고 생각하는 분위기인 데다가, 삶이 어느 정도 궤도에 오르면 기존에 걸어왔던 길을 바꾸기가 쉽지 않기 때문이다. 비극은 어른들이 자신이 잘하는 일과 하고 싶은 일을 생각할 시간과 기회조차 박탈당했다는 것이다.

사실 우리는 생각하는 것보다 훨씬 커다란 가능성과 더 많은 능력을 지니고 있다. 단지 많은 이들이 이런 부분을 간과하여 자신의 가능성을 발견하지 못하는 것뿐이다. 사람들은 각자 자신에게 주어진 다양한 가능성에 대해서는 생각해 보지도 않고 주어진 현실을 절대 뒤집을 수가 없다고 여긴다. 그러나 정작 자신에게 유리한 방향으로 현실을 바꾸는 것을 가로막고 있는 건 스스로에 대한 약한 믿음일 뿐이다.

나는 변화를 위해서 새로운 자극이 필요하다는 것을 누구보다 잘 알고 있다. 물론 어떤 방법을 통해 변화를 이룰 것인가에 대한 선택은 각자의 몫이다. 예컨대 매 주말마다 심리치료사를 찾아가 상담을 받을 수도 있고, 난해한 워크숍에 참가해 에세이를 써 낼 수도 있다.

그러나 심리 코치인 내가 봐도, 이것은 꽤 힘들고 지난한 과정이다. 나는 나를 찾아가고, 자신의 능력을 발견하는 일이 꼭 이렇게 힘들 필요가 없다고 생각한다. 오히려 혼자 여행을 할 때 자기 자신에 대해 더 진지하게 생각해 볼 수 있다고 본다. 나는 지난 7년 동안 혼자 여행을 하며 이를 직접 확인했다.

처음 여행을 떠날 당시에 내 상황은 엉망진창이었다. 이혼을 한 지 얼마 안 된 데다가 직장에서는 일에 치여 매우 지쳐 있었다. 이런 상황에서 혼자서 떠났던 수도원 여행은 버거운 짐을 짊어지고 있던 내게 큰 힘이 되어 주었다. 현실에서 한 발짝 떨어지자 마치 높은 산 위에 올라 산 아래 마을을 내려다보는 것처럼, 내 삶에 전혀 도움이 되지 않는 일들이 한눈에 보였다. 나는 불필요한 요구와 의무를 다하느라 정작 나에게 중요한 일들을 소홀히 하고 있었다. 사랑하는 사람들과의 관계, 내가 진짜 하고 싶은 일을 탐색하는 일 등 내 인생을 행복하게 만드는 것들 말이다. 그때부터 나는 혼자 여행을 하기 시작했다. 여행을 하면서 점점 자신감을 되찾았고 자립적인 사람이 되었다. 나를 힘들게 하는 것과 기쁘게 만드는 것이 무엇인지 분명하게 알 수 있었고, 타인의 기대보다 나의 욕구에 집중하는 법을 배웠다.

또 새로운 세상으로 발을 내디딤으로써 선택의 여지가 없는 것처럼 여겨졌던 나의 삶이 실상은 삶의 여러 모습 중 한 가지에 불과하다는 것을 깨달았다. 나는 전 세계를 여행하며 가지각색의 삶의 방식을 눈으로 직접 확인하고 하나의 방식만을 고집했던 나를 반성했다. 이러한 변화는 특히 가치관과 규범, 세계관이 매우 판이한 나라를 여행할 때면 더

욱 분명하게 일어났다. 나는 여행을 통해 다양성을 포용하는 자세를 갖게 되었다. 여러 가능성을 열어 두고 나와 다른 것들을 너그럽게 받아들이기 시작하자 상처를 받거나 화를 낼 일이 줄어들었다. 여행을 거듭할수록 내가 조금 더 나은 사람이 되는 것 같은 기분이 들었다.

나 자신을 발견하고, 방치했던 상처들을 치유하고, 부족한 부분을 채워서 더 나은 사람이 되게 하는 데는 굳이 많은 돈이나 극심한 감정 소모가 필요하지 않다. 혼자 여행을 떠나는 용기만 갖는다면 더 이상 다른 것들은 필요 없다. 나는 이런 경험을 많은 사람들과 나누고 싶었다. 그래서 여행 칼럼니스트와 심리 코치로서의 경력을 살려서 내가 여행을 하면서 겪은 감정의 변화와 생각들을 이 책에 담았다.

이 순간이 지나가고 있다는 것이 아쉬울 정도로 황홀하고 즐거운 여행도 있었고, '내가 여기를 왜 왔지?' 하고 생각하게 만드는 부족하고 순탄하지 않았던 여행도 분명 있었다. 내가 나의 여행을 미화하지 않고 솔직하게 고백하는 것은 여러분이 혼자 여행을 떠나야겠다는 용기뿐만 아니라 실제 여행을 가서 활용할 수 있는 팁도 얻을 수 있기를 바라기 때문이다. 이 책을 덮을 때에는 당신도 나와 마찬가지로 답답한 세미나실이 아니라, 탁 트인 야외에서 신선한 공기를 마시면서 자신을 찾고 보다 성숙해질 기회를 가졌으면 한다.

모든 여행은 길을 떠나고, 앞으로 나아가고, 도착하는 것으로 이루어진다. 이 책 또한 같은 방식으로 구성되어 있다. 여러분이 순서대로 읽을 것을 가정하고 썼지만, 굳이 순서대로 읽지 않아도 된다. 관심이 가는 글부터 읽어 나갈 수도 있다. 예컨대 몸에 밴 성가신 습관을 여행을 하면서 어떻게 버릴 수 있는지가 가장 시급한 관심거리라면 '어떤 여행은 돈만 허비하게 하고, 어떤 여행은 인생을 바꾼다' 부분부터 읽어 보면 된다. 혹은 여행을 떠나 레스토랑에서 혼자 저녁 식사를 하는 것이 두렵고 어찌해야 할지 모르겠다면 곧장 '스스로 대접할 줄 아는 여행자만이 세상의 대접을 받는다'로 들어가도 무관하다. 또는 무엇보다도 당신의 커리어가 걱정된다면 '평생 하고 싶은 내 일을 찾는 법'부터 읽어도 좋을 것이다.

독일어로 여행을 뜻하는 단어 'Reise'는 고대 독일어 'Risan'에서 유래했는데, 이는 '일어나다', '몸을 일으키다', '길을 떠나다'라는 뜻을 가지고 있다. 여행이라는 단어 자체가 새로운 것을 향해 길을 떠나는 출발의 뜻을 가지고 있는 것이다. 모든 여행은 하나의 새로운 출발을 의미한다. 이번에는 "스스로에 대해 잘 알고 있는가?"라는 문제를 혼자 떠나는 여행의 화두로 삼아 보자. 자신에 대해 좀 더 알아 가고 싶고, 가장 깊은 곳에 꽁꽁 숨겨져 있는 자신의 꿈과 소망을 찾아내고 싶다면 지금이 바로 자기실현을 위한 여행을 떠날 때이다.

　나는 늘 내가 깨달은 삶의 지혜를 글이나 말로 전달하여 사람들에게 용기를 주고 싶었다. 작가의 꿈이 이루어져서 한없이 기쁘다. 이렇게 글을 쓰는 순간에도 저절로 환한 미소를 짓게 된다. 당신이 이 책을 읽어 나가다가 문득 삶에 대한 깨달음을 얻고 미소를 짓는다면, 내가 홀로 여행을 떠나 내 삶의 의미를 찾은 것이 몇 배로 소중한 일이 될 것이다. 이제 나는 이 책을 통해 당신이 자신을 발견해 가는 극히 개인적인 여행을 하는 동안 항상 당신과 함께할 것이다. 당신의 여행에 축복이 가득하기를 빈다.

카트린 지타

# Contents

## Chapter 1

**어리석은 사람은 방황하고 현명한 사람은 여행을 한다**

# 서른일곱, 인생 최대의 위기를 맞다

● ● ●

여행을 떠날 각오가 되어 있는 자만이
자기를 묶고 있는 속박에서 벗어나리라.
– 헤르만 헤세

삶이 하나의 여행이라면 당신 삶의 종착역은 어디일까?
그곳에는 과연 무엇이 당신을 기다리고 있을까? 우리는 앞
만 보고 살아가며 시간이 한참 흐른 뒤에야 삶을 조금씩 이
해해간다. 삶의 마지막 순간에 이르러 뒤를 돌아다보면 어
떤 생각이 들까? 당신은 삶의 중요한 갈림길에서 후회가 없
는 선택을 했는가?

내게는 이 선택의 순간이 너무나 조용히 다가왔다. 평소와
크게 다를 게 없던 어느 날, 나는 사무실에서 큰 소리로 웃었
다. 나도 모르게 웃음이 터진 것이다. 갑자기 나 자신을 묶고

있던 모든 것에서 온전히 해방된 기분과 함께 온몸에 짜릿한 전율이 느껴졌다. 구름 위를 걷는 기분이랄까, 아무튼 용서받은 것처럼 홀가분했고, 더없이 평안했다. 그때 옆에 누가 있었는지, 그리고 내가 왜 웃었는지는 기억나지 않는다. 다만 그렇게 한참을 웃고 난 다음 왠지 모를 슬픔이 파도처럼 덮쳐왔다는 것만은 기억난다. 나는 허겁지겁 사무실에서 뛰쳐나왔다. 화장실 세면대에서 찬물에 손을 씻으며 거울을 쳐다보았다. 그리고 그 순간, 지난 6개월 동안 한 번도 소리 내어 웃은 적이 없다는 사실을 깨달았다. 6개월이 넘는 시간 동안 순간순간의 기쁨과 행복이라는 감정을 스스로 외면해왔던 것이다. 눈물이 뺨을 타고 흘러내렸고, 목구멍을 밀고 터져 나오는 흐느낌을 도저히 멈출 수가 없었다. 이어 이런 생각이 들었다. 내가 여든 살까지 산다고 가정하면 삶의 160분의 1에 해당하는 시간 동안 행복을 맛볼 기회를 잃은 셈이다. 무덤덤하고 건조한 날들 속에서 여름 한 철이 훌쩍 지나가버린 것이다.

아마도 이 글을 읽는 사람들은 '말도 안 돼. 어떻게 6개월 동안 단 한 번도 소리 내어 웃지 않을 수 있지?' 하고 생각할 것이다. 물론 전혀 웃지 않았던 건 아니다. 하지만 진심으로 온 마음을 다해 웃었던 적이 없었고, 한순간 모든 것을 잊고 온 몸의 세포 하나하나가 그 웃음에 완전히 몰입한 것도 결코 아니었다.

나는 일에서나 삶에서나 완벽해야 한다는 강박관념에 갇혀 있었다. 내가 생각했던 대로 일이 풀리지 않으면 견디지 못했고 다른 사람에게 인정받고 칭찬받기 위해 쉼 없이 일했다. 또 나의 관점으로 다른 사람들을 평가하고 판단하며 무시할 때도 많았다. 그 때문에 나는 혹독한 대가를 치러야 했다. 누구에게도 도움을 청하지 못하고 모든 일을 혼자 떠안고 책임져야 했으며, 삶에 지나치게 진지한 나머지 사소한 일에도 쉽게 상처를 받았다. 능력을 인정받으며 일하고 안락한 삶을 살기에 전혀 부족함이 없을 만큼 높은 연봉을 받았지만, 완벽에 대한 중압감은 시간이 갈수록 나를 옭아매고 삶을 즐길 수 없게 만들었다.

게다가 결혼 생활은 회복이 불가능할 정도로 산산조각 난 상태였다. 당시 남편과 내가 거실에서 다투는 걸 누군가 봤다면 한때 열렬히 사랑한 사이였다는 사실을 결코 믿지 못했을 것이다. 우리는 서로 양보할 줄 몰랐다. 모든 잘못을 상대에게 떠넘기며 맞섰고 마치 다른 행성에서 온 사람들처럼 서로의 말을 이해하지 못했다. 오해를 풀어보려는 노력은 언제나 또 다른 오해만 낳으며 관계를 악화시켰고, 사랑하는 사람에게 이해받지 못한 상처는 미움과 원망으로 변해 서로의 인생을 불행으로 이끌었다.

결국 우리는 더 불행해지지 않기 위해 이혼을 선택했다. 어쩔 수 없는 결정이라고 생각은 했지만 그렇다고 충격이 줄어든 것은 아니었다. 인생에서 실패했다는 생각에서 벗어날 수가 없었다. 친구들과 가족들은 진심으로 나를 걱정하며 어떻게든 도움을 주기 위해 애썼지만 나는 모든 만남을 거절하고 일에만 매달렸다. 상처받아 위축된 마음을 들키고 싶지 않았다.

화장실에서 울음이 터진 그날 밤 집으로 돌아가던 길에, 지하철 창문에 비친 내 얼굴을 보며 물었다. '도대체 나는 어떤 길을 가고 있는 걸까? 이 길은 과연 내가 원한 길일까?' 생각이 여기까지 미치자 그동안 안간힘을 쓰며 지키려고 애썼던 것들이 부질없게 느껴졌다. '결국 나에게 남은 게 뭔가? 이혼녀, 과민한 워커홀릭?' 성공한 사람들을 찾아다니며 그들의 노하우를 인터뷰하고 주변에서 가장 인기 있는 레스토랑과 여행지, 자기계발에 필요한 다양한 강의들을 발굴해 밤을 새워 가며 수년 간 기사를 만들었지만, 정작 나의 삶은 성공과는 점점 멀어지고 심신은 피폐해질 대로 피폐해져 있었다.

문득 나는 내가 삶이라는 여정에서 중요한 갈림길에 서 있음을 깨달았다. '이대로 불행한 마음을 안고 살 것인가, 아니면 뭔가 바꿀 것인가.' 나는 엄청나게 지쳐 있었고 앞으로의 삶을 발전시킬 수 있는 힘이 필요했다. 목표를 잃고 방황하고 싶지 않았고, 어떤 모습으로 살아가야 할지도 분명히 하고 싶었다. 그러나 시끄러운 일상에서 지난날을 돌아보며 나만의 고유한 본질을 발견하기란 쉽지 않았다. 나에게 집중하고 스스로를 돌보려 할 때마다 거실이며 주방, 침실 등에 묻어 있는 지난 추억이 몰입을 방해했다. 결국 나는 인생에 가장 큰 변화를 가져온 결정 가운데 하나를 내렸다. 혼자 여행을 떠나기로 결심한 것이다. 지금처럼 잔뜩 웅크린 채 남들에게 다가오지 말라고 으르렁대며 스스로를 '고립'시키는 게 아니라, 나의 가치를 깨닫기 위해 나에게 '집중'할 수 있는 시간과 공간이 필요했다.

그렇게 해서 처음으로 나를 위해 갈 곳을 정하고 여행을 떠났다. 나에게 필요한 것이 무엇인지 알기 위해 시간을 투자했고 내 마음이 이끄는 길을 찾기 위해 차분하게 마음에 귀를 기울였다. 모든 게 처음이었지만 두렵지는 않았다. "인생의 전환점이라고 생각되는 순간을 맞는다면 그건 뭔가를 얻었을 때가 아니라 잃었을 때일 것이다"라는 소설가 알베르 카뮈의 말처럼, 우리는 뭔가를 잃었을 때에야 비로소 인생에 대해 절실하게 고민하기 시작한다. 나는 이미 내 삶에서 가장 큰 부분을 차지했던 화목한 가정이라는 행복 하나를 잃은 상태였고, 일에 대한 순수한 열의와 삶의 의미도 더는 찾을 수 없었다.

그렇게 7년 전, 서른일곱의 나는 송두리째 변해 버린 삶을 재정비하기 위해 여행을 시작했다. 다른 누구도, 다른 무엇도 아닌 나 자신을 향해, 나의 행복을 향해 첫걸음을 떼는 순간이었다.

살다보면 누구나 위기를 맞는다. 과도한 업무 스트레스나 탈진증후군(Burnout syndrome), 또는 좌절감에 빠져 힘들어하는 사람이 있는가 하면, 아무 일도 일어나지 않는 지루함을 견디지 못하는 사람도 있다. 사랑받지 못해서 고통받는 사람이 있는가 하면, 인간관계에서 늘 외톨이가 되어 고통받는 사람도 있다. 이 위기들을 극복할 수 있는 유일한 방법은 자기만의 '삶의 의미'를 찾는 것이다. '나 나름대로 의미 있는 삶을 살고 있다는 자부심'이 있는 사람은 어떤 어려움이 닥쳐도 힘을 재충전하고 삶을 계속 살아나갈 수 있다.

나의 경우에는 여행이 삶의 의미를 찾는 가장 좋은 방법이었다. 좋은 여행이란, 그 자체로 삶의 의미와 보람을 찾게 한다. 세상과 타인의 영향으로부터 벗어나 순간순간 자신에게 온전히 몰입하게 하고, 마치 높은 산 위에서 내려다보듯이 삶을 넓은 안목으로 통찰할 수 있게 만든다.

나는 혼자 하는 여행을 통해 실수하고 혹은 실패하더라도 계속 걷다 보면 다음 골목에서 또 다른 기회를 만날 수 있다는 사실을 깨닫게 되었다. 또 내가 안달복달하면서 재촉해도 세상은 언제나 자기 속도대로 흘러간다는 것 역시 알게 되었다.

누구나 자기만의 삶의 방식이 있듯이, 보다 의미 있는 삶을 꾸려가는 것은 누가 이래라 저래라 가르칠 수 있는 문제가 아니다. 다만 잊지 말아야 할 것은 뭔가 잘못되어 가고 있다고 느낄 때 망설이지 말고 그 자리에 멈춰 쉬면서 다시 인생을 점검해야 한다는 것이다. 두려워만 하면 변화는 오지 않는다.

# 수도원에서 배운 인생의 지혜

• • •

바깥세상으로부터 들려오는 소리 따윈 무시해 버려.
그건 모두 악마의 장난에 불과해. 진실은 자네 안에 있어.
자네 안에서 답을 찾아. 그리고 자네 영혼에게 영원한 자유를 안겨 주라구!
– 호어스트 에버스, 『세상은 언제나 금요일은 아니지』

내가 처음으로 나를 찾아 떠난 여행의 목적지는 수도원이
었다. 앞에서 말한 것처럼 당시 나는 육체적으로나 정신적
으로나 위험한 상태였다, 한마디로 비상 상황이었다! 어쩌
면 당신도 한 번쯤 이런 기분을 경험한 적이 있을 것이다. 좌
우시야를 가려 주는 눈가리개를 착용한 경주마처럼 '앞으로
앞으로'를 외치며 달리다가, 문득 정신을 차려 보니 경기장
밖 어딘가에 홀로 서 있는 느낌말이다. 오랫동안 품어 온 꿈
이 좌절된 것 같은데 슬프게도 아무리 생각해도 그 꿈이 무
엇인지조차 생각나지 않았다. 나는 마지막 한 방울의 에너

지까지 쥐어짜진 기분이었다.

아무것도 할 필요 없이 단지 그저 존재하는 것만으로 충분한 상태, 누구도 나에게 아무것도 요구하지 않는 상태에 대한 갈망이 절실했다. 결혼 생활의 실패가 나 때문이라는 자책과 모든 일을 완벽하게 해내야 한다는 스트레스에서 벗어나고 싶었고, 쉴 새 없이 울리는 스마트폰과 이메일로부터도 자유로워지고 싶었다. 내면의 평화를 되찾고, 나를 차분히 돌아볼 수 있는 곳 말이다. 그러자 마치 계시처럼 '수도원보다 더 적막한 곳은 없지'라는 대답이 내 입에서 튕겨져 나왔다. 혼자 지내보겠다는 게 수녀가 되자는 말은 아니었지만 어쨌든 수도원으로 떠났다.

나는 독실한 가톨릭 신자는 아니다. 세례는 받았지만 정기적으로 미사를 드린 적도 없고 고해 성사를 해 본 적도 없다. 당연히 수도원에 가는 것도 처음이었다. 그러나 위에서 말한 것처럼 당시 나의 상태는 휴가가 아니라 치유가 필요했다. 세이셸 섬은 지상 낙원이었지만 야자수 아래에서 행복하게 휴가를 즐기는 사람들을 바라보며 갈기갈기 찢겨진 내면의 상처를 봉합할 수는 없을 것 같았다. 지난 여름 나는 그 사실을 확실히 경험했다. 어렵게 짬을 내서, 비싼 돈을 내고 고급 리조트로 휴가를 떠났지만, 돌아오니 허무함뿐이었다.

휴가를 다녀왔음에도 몸은 여전히 피곤했고, 회피했던 문제들은 붙박이 가구처럼 내 마음에 그대로 남겨져 있었다. 나는 한 번도 일을 쉰 적이 없는 사람처럼 출근하자마자 돌덩이 같은 스트레스를 다시 어깨에 지고 일에 몰두했다. 그리고 얼마 지나지 않아 똑같은 혼란에 빠졌다. 내 마음을 만족시키는 일은 따로 있는데 엉뚱한 곳에서 시간을 낭비하고 있는 것만 같았다. 그럼에도 불구하고 무조건 버티는 게 좋을지 아니면 다른 길을 찾아야 할지 갈피를 잡을 수가 없었다. 그래서 이번 여행은 달라야 했다. 처음으로 혼자 하는 여행이기도 했지만, 나 자신을 보살피고 나에게 이로운 길을 끈질기게 찾아야 하는 순간이었다. 그리고 내가 정말로 원하는 것과 그것을 이루기 위해 해야 할 일의 우선순위를 정리하고 싶었다.

페르에그 수도원은 빈에서 북서쪽으로 95킬로미터 떨어진 곳에 있는 숲 속 수도원이다. 인공적인 건축물이라는 느낌은 전혀 없었고 마치 바위 꼭대기에 붉은 단풍잎이 붙어 있는 것처럼 하얀 회벽과 빨간 지붕이 자연과 조화롭게 어울렸다. 두근거리는 마음으로 육중한 돌문을 열고 들어서자 아담한 정원과 곳곳에 놓인 의자들이 눈에 띄었다. 그리고 정원 너머 멀리 숲까지 이어진 오솔길도 보였다. 나는 그 길 위에서 하루 종일 나를 탐험하리라 마음먹었다.

수도원으로 들어가 신부님과 수녀님들에게 인사를 하고 방을 배정받았다. 방은 생각보다 좋았다. 딱딱하고 좁은 돌 침대만 덩그러니 놓여 있을 줄 알았는데, 침대 하나에 책상 하나, 욕실 겸 화장실이 달려 있는 작지만 아늑한 방이었다. 문제는 내 짐이었다. 최대한 줄이고 줄였는데도 짐은 방에 비해 너무 많았다. 옷을 걸어 둘 곳도 책을 꽂을 곳도 가방을 펼쳐 놓을 곳도 없었다. 대체 뭘 하려고 이렇게 많은 것들을 싸가지고 왔나 하는 생각에 나 자신이 한심하게 느껴졌다. 당장 쓸 것만 빼고 터질 것 같은 캐리어를 닫아 한쪽에 세워 두었다. 일주일 머물 일정으로 떠나 왔는데, 가져온 책만 다섯 권에 옷은 여섯 벌, 신발도 세 개나 됐다. 여기에 머무르는 동안 다시는 꺼낼 일이 없을 것 같은 캐리어를 바라보며, 그나마 저 가방에도 담기지 못하고 빈의 아파트에 남아 있는 물건들에 대해 생각하지 않을 수 없었다. 머릿속에만 불필요한 생각들이 있는 게 아니었다. 현실에도 곳곳에 필요 없는 물건들이 한가득이었다.

페르에그 수도원은 다른 곳에 비해 개방적으로 운영된다.

봉쇄 수도원의 수도사나 수녀들이 철창 안에서 생활하며 세상과 거리를 두는 데 비해, 이곳은 알코올과 니코틴에 의지하는 것 말고는 쉴 줄 모르는 사람들을 위한 4박 5일 휴식 프로그램도 운영하고 있었다. 그렇다고 해서 패키지 여행처럼 시간마다 해야 할 일을 알려 주고 그대로 따라야 하는 것은 아니다. 수도원에서는 두 가지만 지키면 나머지는 자유다. 절식 혹은 금식, 그리고 침묵. 기도를 포함시키지 않은 건 하지 않는다고 지적하는 사람이 없기 때문이다. 그러나 신기하게도 저절로 기도하게 된다.

이 가운데 내가 가장 어려울 거라고 걱정한 것은 '침묵'이었다. 직업상 나는 말하는 사람이었다. 하루 종일 상대의 마음을 사로잡는 말이 무엇일지 생각했고 대화를 통해 상대를 설득하고 내가 원하는 것을 얻고자 했다. 게다가 나는 말하는 것을 좋아했다. 나는 대화하면서 상대에 대해 조금씩 알아가는 일이 재미있었다. 말 속에는 엄청나게 많은 정보가 담겨 있는데 그것을 하나씩 찾아내 상대의 기질과 성격을 파악하고 조금씩 서로의 진심에 가까워지는 과정이 즐거웠다. 그래서 기자가 되었고, 또 그래서 직업에 회의가 든 거였다. 기자로서 누군가를 만난다는 것은 깊이 있는 대화보다는 상대의 말을 받아쓰는 일에 머물 때가 더 많았기 때문이다. 어쨌든 나는 내가 이곳에서 거대한 침묵의 시간을 견딜 수 있을지 조금 염려스러웠다. 긴장감 때문에 잠을 설치며 오랫동안 생각했다. '왜 이곳으로 왔을까? 뭘 찾겠다고 이런 고문을 자행하려 한 걸까?'

결론부터 말하자면, 첫날밤의 걱정이 무색할 만큼 나는 수도원 생활에 금방 익숙해졌다. 아침 일찍 일어나 맑은 공기를 마시고 신께 감사드리는 그 시간이 축복 같았다. 뒤를 쫓는 것도 쫓아가야 할 것도 없으니 천천히 걸으며 산책을 즐길 수 있었고, 챙겨야 할 귀중품이 없으니 걱정으로부터 자유로웠다. 나는 수도사들이 하는 대로 정해진 시간에 하던 일을 멈추고 신께 감사드렸으며, 어떻게 살아야 하는가에 대한 신부님의 말씀을 들었다. 그리고 침묵을 통해 진정으로 대화가 필요했던 상대와 만났다. 바로 나 자신이었다.

나는 나에게 계속 질문을 던졌다.


- 지금의 삶이 만족스러운가?
- 아무런 계획도 목표도 없이 그저 흘러가는 대로 상황에 순응하며 살아갈 수 있는가?
- 내가 바꿀 수 있는 건 무엇인가?
- 지금 직장을 그만둔다면 뭐가 아까운가?

- 그것들이 나에게 중요한 것들인가?
- 지금 하고 싶은 다른 일이 있는가?
- 그 일을 하기 위해 노력해 본 적이 있는가?

나는 처음으로 내 마음이 어떤 상태인지 진지하게 들여다보았다. 완벽주의니 워커홀릭이니 했던 것들은 다른 사람에게 인정받는 데 도움을 주었지만 내 삶을 만족스럽게 느끼게 하는 데는 전혀 도움이 되지 못했다. 10년 넘게 공부한 건축을 그만두고 사회심리학과 언론학을 선택했을 때처럼 내 인생을 위해 새로운 선택을 해야 했다. 나는 사람들과 말하는 걸 좋아했고 기자는 멋진 직업이었지만, 평생 할 내 일은 아니라는 생각이 들었다. 그리고 만약 다른 일을 할 거라면 서른일곱 살을 그냥 흘려보내서는 안 됐다.

나는 매일 수도원의 오솔길들을 걸으며 스스로에게 질문을 던지고 하나씩 계획을 세워 나갔다. 내가 삶에서 이루고자 하는 것은 무엇일까? 나는 어떤 길을 계속 걸어가야 할까? 끊임없이 내 마음을 잡아끄는 일이 있는가?

진심으로 기쁘고 즐거웠던 일들을 떠올리며 목록을 만들었고 그중에서 내가 직업으로 선택할 수 있는 것을 찾았다. 그리고 그 일을 하기 위해 해야 할 일의 목록을 또 하나

만들었다. 그러자 내가 앞으로 무엇을 해야 할지 분명히 보이기 시작했다. 페르에그 수도원에서 말하는 '침묵의 발견(Discovery of silence)'이 무엇인지 비로소 알 것 같았다.

사람에게는 때때로 외부의 방해를 받지 않고 내면과 대화할 수 있는 시간이 필요하다. 인간의 무의식은 스트레스가 심하거나 다람쥐 쳇바퀴 도는 것과 같은 단조로운 일상에서는 좀처럼 모습을 드러내지 않기 때문이다. 나는 수도원 여행에서 내면의 목소리로부터 많은 대답을 들었다. 그중 가장 큰 수확은 지금 나에게 제일 중요한 계명, '즐겁게 일하라'를 찾은 것이다.

여행을 떠나기 전만 해도 나 자신을 행복하게 만드는 것은 쉬운 일이 아니었다. 무엇이 나를 행복하게 만드는지를 분명하게 알지 못했기 때문이다. 그러나 침묵을 통해 나의 마음과 가까워지자 나를 행복하게 만드는 것이 그리 어렵지 않게 되었다. 여행을 떠나 홀로 시간을 보내면서 내가 진정으로 갈망하는 것을 발견했기 때문이다. 결국 수도원 여행에서 돌아온 후 나는 기자를 그만두고 사회심리학을 다시 시작하기로 마음먹었다. 자격증도 따야 하고 경력도 새롭게 쌓아야 했지만, 오히려 갈 길을 결정하고 나니 의욕이 솟았다.

무엇이 자신을 앞으로 나아가게 하고, 어떤 길로 가야 할
지 방향을 아는 사람은 목표를 잃고 방황하지 않는다. "우리
가 믿어야 할 신은 우리들 마음속에 있다. 자기 자신을 긍정
하지 못하는 사람은 신도 긍정할 수 없다"는 헤르만 헤세의
말처럼, 다른 사람의 평가나 과거의 실패에 흔들리지 않고
자기 인생을 뚜벅뚜벅 걸어가기 위해서는 나의 욕구와 목표
를 들려주는 내면의 목소리에 귀를 기울여야 한다. 그리고
그 내면의 목소리를 듣기 위해서는 어떤 것에도 방해받지
않고 혼자 있을 수 있는 곳으로 가야 한다.

# 평생 하고 싶은 내 일을 찾는 법

● ● ●

낯선 나라에서 오랫동안 머무는 동안
우리는 낯선 나라를 경험하는 데에 그치지 않고
우리 자신에 관해 많은 것을 알아 나간다.
– 로제 페이르피트

    살면서 우리는 자신에 대한 타인의 평가를 무조건적으로
수용하는 경우가 있다. 예를 들어, "엄마는 항상 제가 어렸을
때부터 겁이 무척 많았다고 말씀하셨어요. 그런 말을 하도
오랫동안 듣다 보니 낯선 곳으로 여행을 떠날 엄두가 나지
않아요"라고 말하는 사람이 있는가 하면, "우리 남편은 내가
혼자 여행가면 사흘도 못 버티고 돌아올 거라고 생각해요.
저도 그럴 것 같고요"라고 말하는 사람도 있다.
    그러나 그들은 가장 중요한 사실을 하나를 놓치고 있다.
타인의 평가는 단 한 사람의 의견일 뿐 모두의 의견이 아니

라는 것이다. 사람들은 모두 각자의 관점으로 다른 사람들을 수용하고 평가한다. 그리고 그 관점은 개개인의 삶의 기준, 가치 혹은 콤플렉스에 의해 결정된다. 즉 같은 '나'라도 상대방이 누구냐에 따라 다르게 해석될 수 있는 것이다.

앞에서 말한 사례에서 어쩌면 겁이 많은 것은 그녀의 어머니였을 수도 있다. 또 혼자 여행을 가면 외로움에 사흘을 못 버티는 사람도 당사자가 아니라 남편이었을 수 있다. 스스로를 제대로 보려고 노력하지 않으면 다른 사람이 생각하는 대로 살아갈 수밖에 없게 된다.


성공한 건축가 아버지를 둔 나는 열네 살 무렵 진로를 결정해야 했을 때 당연히 아버지와 같은 길을 걸어야 한다고 생각했다. 그래서 건축 기술 고등학교를 졸업한 후 빈 공과대학에서 건축학을 전공했으며, 실제로 몇몇 건축물을 디자인하기도 했다. 나는 건축 공부에는 큰 흥미를 느끼지 못했지만 건축가로서의 재능은 있다고 믿었다. 아버지는 내가 하는 모든 것들에서 건축가로서의 재능을 발견하고 칭찬해주셨다. 심지어 레고로 집 만들기를 좋아하는 것조차 아버지에겐 칭찬의 대상이었다. 나는 그런 칭찬이 싫지 않았고 건축 공부도 꽤 흥미로웠다. 그러나 딱 거기까지였다. 건축가를 키우는 전문 고등학교에 들어가고 대학에서 건축을 전공하는 10년 동안 내 열정은 조금도 더 커지지 않았다. 가우디나 르 코르뷔지에처럼 세계적인 건축가가 되겠다는 꿈은커녕 나만의 건축물을 짓고 싶다거나 다른 사람보다 더 잘해보고 싶다는 생각도 들지 않았다. 오히려 대학에 들어가서는 건축에 관한 칼럼을 기고하거나 언론이나 심리학을 공부할 때 내 미래가 더 확실하게 그려졌다.

그때 처음으로 내가 잘하는 일이, 그리고 원하는 일이 건축이 아닐 수도 있다는 생각을 했다. 나에 대한 아버지의 기대와 아버지에 대한 나의 존경심이 만들어 낸 그럴듯한 결론이었다고 의심하기 시작한 것이다. 그때부터 나는 건축 외에 다른 수업을 들으며 내가 좋아하는 일들을 탐색하기 시작했다. 그리고 대학원 진학을 앞두고 사회심리학과 언론학으로 진로를 바꾸었다.

물론 쉽지는 않았다. 부모님의 반대는 극심했고, 나 역시 일시적인 슬럼프를 잘못 해석해서 10년이라는 시간을 날려 버리는 건 아닐까 하는 생각에 혼란스러웠다. 그러나 부모님의 설득에 못 이겨 다시 건축을 계속해 보기로 마음먹고 설계 도면 앞에 앉았을 때 확실히 알 수 있었다. 나는 싫증이 난 게 아니었다. 나에게 맞는 다른 일을 찾은 거였다.

우리는 흔히 자신을 평가할 때 남의 의견에 많은 영향을 받는다. 다른 사람들이 나에 대해 말하는 것을 그대로 받아들일 때도 있다. 그런데 과연 남이 바라보는 우리의 모습이 진정한 우리의 모습일까? 타인이 바라보는 나의 모습은 어떠한가? 그것이 우리의 모습을 하나하나 사실적으로 묘사하고 있는지 한번 생각해 보라.

수도원에서 정식으로 신부가 되기 위해서는 최소 7년에서 10년 정도의 시간이 필요하다고 한다. 먼저 수도사가 되고 싶다고 청원을 한 후 유기 서원을 받는 데 3년에서 4년, 그로부터 종신 서원을 받는 데 4년에서 6년이 걸린다. 수도원마다 방식은 다르지만 대부분 수련 기간에도 수없이 시험을 치른단다. 물론 그 기간 동안 본인이 원한다면 언제든 집으로 돌아갈 수 있다. 나에게는 그 과정이 신부가 되는 것도 '까다롭다'가 아니라 '자신의 의지를 끊임없이 재확인하게 한다'는 뜻으로 들렸다. 10년 동안 심사숙고하며 다시 시작할 기회를 충분히 주는 것이다.

우리의 선택도 그래야 한다고 믿는다. 다른 사람의 기대나 약속, 평가에 휘둘리지 않고 자신의 마음에 집중해야 하며 스스로 생각하고 질문해서 답을 찾아야 한다. 지금까지와는 전혀 다른 길을 선택하는 용기나, 어렵고 힘든 길을 계속 버티며 갈 수 있게 하는 힘은 멘토나 동료의 조언이 아닌 스스로에 대한 굳은 믿음에서 나오기 때문이다.

한 가지 안타까운 것은 수도사들에게는 스스로에게 집중할 수 있는 최상의 환경이 바로 곁에 마련되어 있지만, 우리는 그렇지 않다는 점이다. 그래서 나는 누구에게나 혼자 여행하는 시간이 필요하다고 생각한다.

좀 더 성장하기 위해 자기 발전을 이루고자 할 때 여행은 분명 가장 적합한 수단이다. 우리는 여행을 준비할 때부터 목표에 초점을 맞추고, 필요한 것들을 차근차근 준비해 나간다. 모든 에너지를 여행이라는 목표에 온전히 쏟고 출발일이 되면 머뭇거리지 않고 새로운 땅을 밟는다. 그리고 누구에게도 방해받지 않고 문제에만 집중하며 답을 찾아 간다. 그것이 삶의 목표든, 사랑이든, 당장 눈앞에 닥친 회사 업무든 간에, 혼자 여행하며 스스로에게 집중하면 다른 사람이나 상황에 휘둘리지 않고 자신이 진짜 하고 싶은 선택이 무엇인지 깨달을 수 있다.

전 세계 베스트셀러 작가이자 '일상의 철학자'로 알려진 알랭 드 보통은 자신의 책 『여행의 기술』에서 타인의 시선으로부터 자유로울 수 있는 혼자 여행을 예찬했다. "세상에 대한 우리의 반응은 함께 가는 사람에 의해서 결정된다. 우리는 다른 사람들의 기대에 맞도록 우리의 호기심을 다듬기 때문이다. (…) 동행자에게 면밀하게 관찰을 당하고 있으면, 다른 사람들을 관찰하는 일이 억제될 수도 있다. 또 우리는 동행자의 질문과 언급에 맞추어 우리 자신을 조정하는 일에 바쁠 수도 있고, 너무 정상으로 보이려고 애를 쓰는 바람에 호기심을 억누를 수도 있다."

그의 말처럼 '동행자'와 떨어져 낯선 곳을 여행하면서 응당 해야 하는 것들로부터 자유로워졌을 때 우리는 우리의 본 모습과 마주할 수 있다. 그리고 스스로 '나'라는 사람에 대해 자신 있게 말할 수 있을 때 우리는 타인이 주는 한계와 자신으로부터의 검열에서 자유로운 삶을 살 수 있을 것이다. 우리 시대 인간의 정의를 탁월한 통찰과 진지함으로 밝힌 작가 알베르 카뮈의 말을 잊지 말자. "여행은 우리 본래의 모습을 찾아 준다."

# '할 수 있다'는 실낱같은 희망이 우리를 버티게 한다

● ● ●

가장 힘든 것은 바다 맨 밑에 있을 때야.
왜냐하면 다시 올라와야 할 이유를 찾아야 하거든.
─ 영화 〈그랑블루〉

영화 〈행복을 찾아서〉의 주인공 크리스는 동네 병원을 돌며 골밀도 측정기를 팔러 다니는 의료기 외판원이다. 한 달에 한 대를 팔아야 최소한의 생활비를 벌 수 있고 두 대를 팔아야 간신히 밀린 세금과 집세를 낼 수 있는 돈이 생긴다. 그러나 가격은 비싸고 성능은 떨어지는 골밀도 측정기에 관심을 보이는 사람은 없다. 그러던 어느 날 월 스트리트를 지나가던 크리스는 행복하고 자신만만한 얼굴로 페라리에서 내리는 사람과 마주친다. 그는 그에게 두 가지를 묻는다. '직업이 뭐죠? 성공의 비결은?' 그 사람이 주식 중개인이라는 사실을 알게 된 크리스는 한 증권회사의 인턴사원 모집 시험에 지원하고 우여곡절 끝에 어렵사리 일자리를 얻는다. 그러나 정직원이 되기 위해서는 6개월 동안 무보수로 일하며 60명의 대학을 졸업한 능력 있는 인턴들과 경쟁해야 했다. 그는 낮에는 화장실 가는 시간도 아까워 물도 마시지 않으며 필사적으로 일하고, 밤에는 유치원에 다니는 아들을 데리고 노숙자 쉼터를 전전하면서 주식을 공부했다. 하루하루를 버텨내는 게 기적이라고 생각될 만큼 힘든 삶이었지만, 그는 정직원이 되어 아들과 함께 행복하게 살 수 있을 거라는 희망을 포기하지 않는다. 그는 아들에게 말한다. "누군가 너에게 할 수 없다는 말을 하게 하지 마. 희망이 있다면 그걸 지켜야 해."

6개월 후 그는 정식으로 주식 중개인이 되었고 5년 후에는 자신의 이름을 건 투자회사를 직접 설립했다.

인생이 완전히 망가졌다고 생각되는 순간 삶을 이어가게 만드는 것은 돈이나 명예 같은 물질적인 것들이 아니다. 희망이다. 할 수 있다는 희망이 있기 때문에 수많은 실패 속에서도 포기하지 않고 삶에 충실할 수 있는 것이다.

사회심리학을 다시 공부하기로 마음먹고 자격증 시험을

준비할 때 나는 하루하루가 불안했다. 10년 동안 공부한 건축학과, 10년 동안 몸담았던 저널리스트로서의 경력은 날아가 버린 것 같았고 새로운 도전에 성공할 수 있을지 의심을 떨칠 수가 없었다. 지금은 다양한 분야에서 활동한 것이 진로 상담이나 심리 코칭을 할 때 큰 도움이 된다는 걸 알지만, 그때는 그런 생각을 하기가 쉽지 않았다.

당시 나의 하루하루는 긍정적인 미래에 도취되어 신 나게 공부하다가 부정적인 상상에 좌절하며 괴로워하는 날들의 연속이었다. 그때 문득 이런 생각이 들었다. 내가 되고 싶은 게 세계 최고의 심리상담가는 아니지 않은가. 나는 사람들이 낯선 길을 선택해야 할 때나, 마음의 상처와 스트레스 때문에 주저앉아 울고 싶을 때 함께 해법을 찾는 친구이자 조언자가 되려던 것이었다. 그리고 그건 꼭 올해 안에 시험에 통과해야 하는 것도 아니고 몇 년 안에 전문가가 될 수 있는 것도 아니었다. 그건 내가 하고 싶은 일이었고 평생을 할 일이었다. 그렇게 생각하니 조급해졌던 마음이 가라앉았다. 내 삶을 즐겁게 하고 더불어 다른 사람의 삶을 즐겁게 만들겠다는, 처음 가졌던 희망에 집중할 수 있었기 때문이다. 그 희망을 빨리 달성해야 한다고 스스로에게 압박감을 주며 괴롭힐 이유는 없었다. "만족을 찾아 헤매지 마라. 그보다는 항상 모든 일에 만족을 발견하려는 마음의 자세가 중요하다"
는 사회사상가 존 러스킨의 말처럼, 희망을 잃지 않고 묵묵
히 노력한다면 결국 내가 꿈꾸던 삶에 가까워질 거란 걸 깨
달았기 때문이다.

희망을 가지고 목표를 향해 천천히 걸어가야 하는 것은 산
을 오를 때도 마찬가지다. 특히 산을 오를 때는 봉우리가 아
니라 발을 내딛을 곳을 보며 가야 한다. 조급한 마음으로 산
꼭대기만 좇으며 가다 보면 좀처럼 가까워지지 않는 거리에
지치고 코앞에 있는 돌부리를 보지 못해 넘어지고 만다. 아
프리카에서 가장 높은 산이자, 스와힐리어로 '반짝이는 산'
이라는 뜻을 가진 킬리만자로에 오를 때 친구가 해 준 말이
다. 그는 틈만 나면 정상을 바라보며 한숨짓고, 앞사람과의
거리가 짧아질 때마다 추월하려는 내게 높은 산을 오르기
위해서는 세 가지가 필요하다고 말했다. '방향을 제대로 알
고 가야 하고, 포기하지 않아야 하며, 서두르지 말아야 한다'
가 그것이다. 그중에서도 서두르지 않는 것은 킬리만자로
에서 절대적으로 중요했다. 3천 미터 이상에서 고산병에 걸
리면 생명을 잃을 수도 있었다. 나는 언제나 그렇듯이 초반
에 너무 힘을 빼는 스타일이다. 무엇이든 빨리 성과를 보여
주어야 한다는 생각에 스스로를 혹사시키고 과도하게 경쟁

하며 남을 앞지르려고 했다. 하지만 그럴수록 나만 빨리 지쳐 나가떨어질 뿐이었다. 킬리만자로에서 역시 초반에 무리한 탓에 첫째 날 묵은 산장에서 3일을 쉬어야 했다. 간신히 몸을 추스르고 다시 길을 나서면서 나는 친구와 가이드, 포터가 한목소리로 강조한 말을 되새겼다. '뽈레 뽈레(한 걸음씩 천천히)' 그렇게 매 순간 천천히, 천천히, 한 걸음, 한 걸음에 집중하며 몸이 환경에 적응할 수 있도록 느린 속도로 꾸준히 걸은 다음에야 나는 혹독한 추위를 뚫고 킬리만자로의 정상에 설 수 있었다.

사람들이 목표를 이루지 못하는 진짜 이유는 그들이 능력이 없어서가 아니라 목표까지의 거리가 너무 멀기 때문이다. 목적지는 보이지 않고, 길은 수십 갈래로 갈라지며 우리를 혼란에 빠뜨리는 데다가, 곳곳에 위험이 존재하는 그 길이 한없이 어렵고 고되게만 느껴지는 것이다. 그러나 까치발을 하고 보이지 않는 최종 목적지를 향해 한숨 쉬는 대신에 '할 수 있다'는 마음을 갖고 내가 원했던 방향을 향해 꾸준히, 성실하게 걸어간다면 반드시 원하는 곳에 다다를 수 있을 것이다.

파울로 코엘료의 소설 『연금술사』에는 보물을 찾아 나선

양치기 산티아고의 이야기가 나온다. 그는 보물이 있는 곳을 찾아가는 과정에서 여러 번의 위기를 만난다. 여행 자금을 두 번이나 도둑맞고 목숨을 잃을 위기에 처하기도 한다. 그러나 그는 그때마다 자신이 왜 떠났는지 해야 할 일이 무엇인지 끊임없이 되새기며 길을 떠날 때 품었던 희망을 버리지 않았고, 그 덕분에 목적지를 가리키는 표지들을 발견할 수 있었다. 결국 목표를 이루는 사람은 마음에 품은 희망을 잃어버리지 않고 끝까지 모험을 계속하는 사람이다.

영화 〈행복을 찾아서〉는 미국 뉴욕, 시카고, 샌프란시스코에 지점을 둔 투자회사 홀딩스 인터내셔널 CEO 크리스 가드너의 실제 인생을 바탕으로 만들어진 영화다. 그는 천억대 자산가가 된 후에 한 연설에서 이렇게 말했다. "게임이란 역경이 닥치기 전에는 시작되지 않는 법이다. 나는 안 되는구나 생각되어 포기하고 싶을 때가 있다. 그때 지금 그 자리에서 다시 시작하라. 세상에서 가장 큰 선물은 자기 자신에게 기회를 주는 삶이다. 나는 홈리스(Homeless)였지만, 결코 호프리스(Hopeless)는 아니었다."

희망과 목표는 바뀔 수 있다. 그러나 상황이 좋지 않다는 이유로, 다른 사람이 인정해 주지 않는다는 이유로 그것들을 잃어버려서는 안 된다. 희망을 품고 살아갈 때, 자기 삶에서 노예가 아닌 주인으로 살아갈 수 있다.

희망을 찾는 여러 가지 방법 가운데 가장 좋은 방법은 여행이다. 인간은 예로부터 여행을 통해 자신의 능력을 시험했다. 험한 산을 오르고, 깊은 바다를 탐험하는 것은 결국 인간의 가능성을 넓혀 주었다. 여행을 하면서 자신에게 귀를 기울이고 자신과 많은 시간을 보내다 보면 크고 작은 잠재력이 모습을 드러낸다. 비록 이런 능력들이 여행을 할 때만 발현되는 것이라 해도 그때 느낀 성취감은 우리에게 자신감을 불어넣어 주고 세상사를 희망적으로 볼 수 있게 만들어 준다.

희망을 찾아가는 이 특별한 여행에 가이드를 둘 생각은 하지 말길 바란다. 이 여행의 프로그램을 구상해야 할 사람은 바로 당신이며, 아무도 당신을 대신할 수 없기 때문이다. 쉽지는 않을 것이다. 그러나 스스로 여행을 준비하고 홀로 여행지에 도착하고 나면 당신은 자신의 가능성을 발견하고, 자신이 무엇이든 할 수 있는 사람임을 느끼게 될 것이다.

Chapter 2

# 내가 혼자 여행하는 이유 :
## 누군가와 함께 떠났다면 절대 몰랐을 것들

# 내가 혼자 여행하는 이유

●　●　●

대화가 인간의 지적 활동에 묘약인 것처럼
고독은 인간의 정신 활동에 묘약이다.
– 예밀 시오랑

사람들은 혼자 있는 것을 어려워한다. 이를 테면 이런 식
이다. 함께 갈 사람이 없으면 1년 전부터 계획하고 준비해
왔던 휴가를 포기한다. 50대 1의 행운으로 당첨된 뮤지컬 티
켓을 다른 사람에게 양보하고, 칠성급 호텔 레스토랑의 식
사권을 중고 매매 사이트에 팔아 버린다.

혼자 있다는 건 나는 외톨이라고 광고하는 것과 똑같은 일
이라고 생각하기 때문이다. 그래서 혼자 밥을 먹느니 굶는
게 낫다고 생각하고, 혼자 여행을 가느니 방에서 뒹구는 게
낫다고 말한다. 그러나 인생을 행복하게 만드는 건 혼자 있

는 시간을 어떻게 보내느냐에 달려 있다. 내가 정말 원하는 삶이 무엇인지, 내가 좋아하는 것과 싫어하는 것은 무엇인지, 나는 어떤 관점과 가치관을 갖고 살아가고 있는지, 나의 장점과 한계는 무엇인지, 스스로에게 질문을 던지며 자기 자신에 대해 알아갈 수 있는 시간은 오직 혼자 있는 순간밖에 없기 때문이다.

지금으로부터 22년 전, 대학교 2학년 때 친구와 함께 프라하에 가기로 했다. 그런데 출발하기 전날 친구로부터 갑자기 일이 생겨서 못 갈 것 같다는 연락을 받았다. 6개월 전부터 손꼽아 기다려 왔던 여행이었는데 이제 와서 못 간다고 생각하니 눈물이 날 것 같았다. 기차표를 만지작거리다가 문득 혼자라도 가 보자는 생각이 들었다. 다음 날 나는 부모님께 프라하에서 친구가 기다리고 있다고 둘러대고 혼자 야간 기차를 탔다. 그러나 오밀조밀 붙어 있는 6인실 침대칸에서 이름도 국적도 모르는 낯선 사람들과 밤을 보내면서, 혼자 여행한다는 설렘은 두려움으로 바뀌었다. 나는 부스럭거리는 소리만 들려도 잠에서 깨 가방을 끌어안았다. 세상 무서운 줄 모르고 공연히 일을 저지른 게 아닌가 하는 후회가 밀려오기 시작했다.

5시간 반 만에 프라하에 도착했을 때는 숙소를 예약하고 교통편을 알아봤던 사람이 내가 아니었다는 사실에 또 한 번 좌절했다. 도대체 어느 쪽이 관광 지구인지 알지도 못하는데 간판은 온통 체코어뿐이었고, 새벽 5시 기차역의 풍경은 음산하기 그지없었다. 나는 잔뜩 위축된 채 밖이 환하게 밝아 올 때까지 플랫폼 벤치에 한참을 앉아 있었다. 다시 빈으로 가는 기차를 타고 집에 가는 게 낫지 않을까 하는 생각이 자꾸 마음을 약하게 했다. 그러나 그러기엔 가슴 졸이며 달려 온 시간이 너무 아까웠다. 나는 다시 한 번 용기인지 오기인지 모를 결단을 내렸다. '하루만 있어 보자. 하루가 지나도 혼자 있기가 겁이 나면 그냥 가는 거다.'

나는 기차역에서 멀지 않은 숙소를 골라 짐부터 풀었다. 그리고 여행책을 펼쳐 가야 할 곳들과 가는 방법을 꼼꼼하게 메모한 후 밖으로 나왔다. 호텔→트램 22번→화약탑→천문 시계탑→카를교→왕궁. 지금 생각하면 우스운 일이지만, 당시에는 결투에 나선 장수처럼 결연한 마음이었다. 나는 메모한 대로 트램을 타고 구시가지로 가 화약탑을 지나 시계탑을 보고 카를교를 건너 프라하 성을 보고 돌아왔다. 길을 잃을까 봐 상점 이름을 외우고, 어두워지기 전에 숙소로 돌아오기 위해 점심도 먹지 못했지만 엄청나게 뿌듯했다.

더 이상 빈행 기차를 탈지 말지 고민할 필요가 없었으니까.

자신감이 생기자 그다음에는 굳이 메모할 필요가 없었다. 목적지를 정하고 지도 하나만 들고 여유롭게 길을 나섰다. 걷다 보니 도시 곳곳이 명소였고, 몇 번 길을 헤매다 보니 지도에 나와 있지 않은 아름다운 골목길과 친절한 사람들을 만날 수 있었다. 그렇게 5일 동안 혼자 일정을 짜고, 혼자 밥을 먹고, 혼자 걷고, 혼자 사진을 찍었다. 카페에 앉아 있다가 여행 중인 다른 사람들과 이야기를 나누기도 하고, 잠시 함께 걷기도 했지만 거의 대부분 혼자 시간을 보냈다. 멋진 풍경을 볼 때마다 함께 나눌 사람이 없다는 게 아쉽기도 했지만, 머무르고 싶은 곳에서 있고 싶은 만큼 있을 자유도 있었다. 식사 시간이니까 식당에 들어가는 게 아니라 시간과 상관없이 배가 고플 때 밥을 먹었다. 같은 곳에 두 번 간다고 불평할 사람도 없었고 늦게 걷거나 빨리 걷는다고 타박할 사람도 없었다. 나는 네 번이나 천문 시계탑을 보러 갔고 정오를 알리는 연주가 끝난 후에도 오래도록 그 앞에 앉아 600년 된 천문 시계의 아름다움을 감상했다. 혼자가 아니었다면 그렇게 마음이 이끄는 대로 여행을 즐길 수는 없었을 것이다.

그리고 무엇보다 혼자 있는 동안 나에 대해 많은 것을 알게 됐다. 어떤 풍경을 좋아하는지, 어떤 사람과 이야기를 나누고 싶어지는지, 걷는 걸 좋아하는지, 자동차를 타고 움직이는 걸 좋아하는지 등등, 이제까지는 한 번도 생각해 보지 않았던 나에 대한 정보들이 쏟아졌다. 다른 사람과 함께할 때는 분위기를 망치고 싶지 않아 언제나 남에게 나를 맞춰 왔는데, 혼자 있으니 내 마음에 더 귀를 기울이고 내가 좋아하는 게 무엇인지를 고민하게 됐다.

사실 처음엔 무슨 일을 하든 혼자라는 것이 어색하기도 했다. 어디를 가도 보고 싶은 것에 집중하지 못하고 다른 사람들이 나를 어떻게 생각할지에 더 신경을 썼다. 왠지 소심하고 괴팍하고 모난 사람이라서 혼자 여행을 하고 있다고 여길 것 같았기 때문이다. 그런데 불안과 걱정이 커지는 만큼 용기도 생겨났다.

대학에 입학한 후 난 이제 어른이 됐다고 생각했지만, 제대로 자립한 상태는 아니었다. 큰 결정을 내릴 때나 문제가 생길 때마다 부모님에게 의지했고 대신 내 문제를 해결해 주길 바랐다. 그러나 이 여행은 시작부터 모든 순간순간이 선택의 연속이었다. 그때마다 놀랍게도 평소와는 다른 내가 튀어나왔다. 그녀는 좀 더 용기 있고 결단력 있는 사람이었다. 혼자 여행을 가게 만들었고 겁먹고 우물쭈물할 때마다 일단 부딪쳐 본 다음에 결정해도 늦지 않다고 말해 주었다. 나는 나에게 그런 모습이 있다는 걸 이 여행이 아니었다면 끝내 알지 못했을 것이다. 여행을 하는 동안 나에 대해 더 많이 알게 된 기분이 들었고 내가 진짜 원하는 게 무엇인지 생각해 보는 시간을 가질 수 있었다.

독일의 심리학자 프리츠 리만은 함께 어울려 살아가는 것만큼 고독을 감수하고 자신의 삶에 집중하는 것 역시 중요하다고 말한다. 지구가 자전하기를 포기하고 공전만 한다면 태양에 대한 의존도는 더 높아지고 물과 공기의 흐름이 끊기는 것은 물론 생명의 순환도 일어나지 않을 것이다. 반대로 공전을 포기하고 자전만 한다면 태양계에서 떨어져 나와 광막한 우주에서 혼자 살아남아야 할 것이다. 지구에게 공전과 자전이 동시에 이루어져야 하듯이 사람 역시 서로 배려하며 사회 속에서 함께 살아가는 한편 개별적인 한 사람으로 자기만의 삶을 살아가야 한다.

나는 여행이 개인의 자율성을 키우는 동시에 깊이 있는 인간관계를 맺는 데도 큰 도움이 된다고 생각한다. 심한 좌절감에 빠져 있던 한 여성이 여행으로 이를 극복해 내는 것을 보았기 때문이다. 그녀는 스트레스로 가득했던 이혼 과정을 겪으며 자신이 잘못 살아온 것 같다는 절망감에 무너져 내렸다. 그리고 모든 것을 주도적으로 처리하고 세세한 것까지 챙겨 주던 남편과 헤어지자 엄마를 잃어버린 아이처럼 겁을 먹고 막막해했다. 그녀는 배관공 전화번호도 몰랐다. 매일 매일 자신을 덮치는 무력감과 그런 자신을 바라보는 주변 사람들의 동정 어린 시선, 그리고 뒤에서 들리는 수군거림에 괴로워하던 그녀는 돌파구를 찾는 심정으로 난생 처음 동반자도 없이 베트남으로 떠났다.

아무도 자신이 이혼을 했는지, 사별을 했는지, 아니면 처음부터 혼자였는지 상관하지 않았다. 그녀는 뜨거운 햇살이 내리쬐는 공항을 빠져나오며 왠지 홀가분한 기분이 들었다. 그리고 어떻게 발음해야 할지 감조차 잡을 수 없는 주소를 더듬거리며 사람들에게 길을 물어 숙소를 찾아갔을 때는 마치 대학에 합격했을 때만큼이나 스스로가 대견스러웠다. 처음 배워 본 오토바이를 타고 베트남 사람들과 나란히 달릴 때는 희열을 느낄 정도였다. 그렇게 작은 성취들이 계속되자 가파르게만 느껴졌던 인생이라는 길이 조금 완만하게 보이기 시작했다. 남편이 떠난 후 더 이상 사랑받을 수 없을 거라고 생각했는데, 자신이 그렇게 못나고 부족한 사람은 아니라는 생각이 들었던 것이다. 그리고 한 달간 낯선 도시에서 낯선 사람들과 어울리며 생활하다 보니, 10년여의 결혼 생활 동안 모든 걸 혼자서 감당해야 했던 남편이 얼마나 힘들었을지 이해할 수 있었다. 자신을 긍정하게 되자 비로소 다른 사람의 마음도 이해해 볼 여유가 생긴 것이다. 그녀는 여행을 통해 자기 자신에 대해서도, 또 사랑했던 사람에 대해서도 더 많은 것들을 깨달을 수 있었다. 그리고 다시 삶을 지속하는 것에 대한 용기를 가질 수 있었다.

여행을 할 때 우리는 내 짐을 다른 사람에게 대신 들어 달라고 하지 않는다. 목적지를 대신 정해 달라고 하지도 않고 남이 계획한 대로 똑같이 따라하지도 않는다. 길에서 누군가 만나면 즐겁게 시간을 보내고 각자 가야 할 길로 돌아간다. 그런데 현실에서는 대부분의 사람들이 자꾸 다른 사람에게 내 짐을 대신 지우려 하고 결정권을 미루고 남의 시선에 갇혀 자기 방식대로 살지 못한다. 나 역시 그랬다. 그래서 그런 생각이 들 때마다 여행을 떠났다. 내 의지와 용기를 회복하고 내가 원하는 것을 알고 싶었기 때문이다.

영화 〈열정〉에 출연하여 큰 인기를 끈 미국 배우 앤드류 맥카시는 홀로 세계 여행을 하고 나서 『콜드 피트(Cold Feat)』라는 여행기를 썼다. 그는 이 책에서 혼자서 여행을 하다 보면 자신이 어떤 사람인지 알게 된다고 말한다. 이미 타인이 규정해 놓았거나 기대하는 모습이 아닌 아무런 선입견도 없고, 무조건적인 칭송도 없는 상태에서 자신의 모습을 온전히 바라볼 수 있다는 것이다. 그는 오직 그런 때만이 앞으로도 인생을 잘 헤쳐 나갈 수 있을 것 같다는 자신감이 든다고 했다.

모든 인생은 혼자 떠난 여행이다. 누군가를 만나 함께 걷기도 하고 목적지가 바뀌기도 하지만 혼자서도 자신의 행복을 좇아 걸어갈 수 있어야 한다. 혼자 행복할 수 있어야 자신의 생각대로, 자신이 원하는 대로 살아갈 수 있다.

# 극복하지 못해도 좋다,
## 일단 두려움과 마주 앉으라

● ● ●

얼마나 많은 용기를 갖고 있는지에 따라
그 사람의 삶이 움츠러들기도 하고, 넓어지기도 한다.
– 아나이스 닌

지금까지의 삶을 돌이켜 보면, 지난날 여러 가지 어려움을 극복해 왔기 때문에 지금의 우리가 있는 것 같다. 어느 누구도 자신이 어떻게 두 발로 걷는 법을 배웠는지 기억하지 못하지만, 장담컨대 걸음마를 단번에 습득한 사람은 없다. 당신 역시 처음 걸음마를 시작했을 때에는 몇 번이고 넘어졌을 것이다. 처음으로 내디딘 몇 발짝이 모두 멋지게 성공을 거두지는 않았을 것이다. 만약 이때 "도저히 못 하겠어. 두 발로 걷는 건 너무 힘들어. 난 그냥 네 발로 기어 다닐 거야"라고 혼잣말을 했다면 지금 당신의 삶은 어떻게 되었을까?

만약 그랬다면 걸음을 떼다가 넘어져 고통을 느낄 일도 없었겠지만, 평생 동안 자유롭게 돌아다니지 못하고 의존적으로 살아야 하는 엄청난 대가를 치렀을 것이다. 다행히도 어린 시절 우리의 마음속에는 우리를 앞으로 나아가게 하고, 기존의 경계를 허물고, 새로운 것을 시도해 보도록 부추기는 강력한 삶의 의지가 숨겨져 있었다. 그래서 우리는 다시 또 넘어질 것을 두려워하지 않고 거듭 일어나서 한 발짝 한 발짝 내디딜 수 있었던 것이다. 그런데 안타깝게도 이러한 강력한 힘과 호기심은 우리가 나이가 들어가면서 서서히 줄어든다.

그러나 다행인 것은 우리가 의식적으로 결단을 내리기만 하면 이러한 힘과 호기심이 다시 살아날 수 있다는 것이다. 원래 성인이 되면 정신적, 육체적 발전이 어린 시절과는 달리 저절로 이루어지지 않는다. 성인이 되어서도 이러한 발전을 원한다면, 이를 위해 의식적으로 의지를 갖고 행동을 해야 한다. 다시 말해서, 자리에서 일어나 몸을 움직이고 장애물과 두려움을 향해 성큼성큼 걸어 나가야 한다. 나는 실제로 인생의 중반에 이르러 스스로를 더욱 발전시킨 경험이 있다.

당시 나는 친구를 만나러 베를린에 머물고 있던 중이었다.

베를린 프리드리히스하인 지역의 복스하겐 광장을 천천히 걷고 있는데 갑자기 이곳에서 살면서 일을 하면 좋겠다는 마음이 들었다. 마흔 번째 생일을 보내고 난 후 정확히 일주일째 되던 날이었다.

도대체 내 안의 무엇이 베를린에 둥지를 틀고 사무실을 열도록 만든 것일까? 왜 나는 빈을 떠나 머나먼 베를린까지 와서 다시 한 번 새롭게 출발하려 했을까? 그때까지 오스트리아에서의 상황은 모든 것이 순조로웠다. 고객층도 안정적으로 확보되어 있었고, 친구들과의 관계도 원만했고, 개인적인 삶도 만족스러웠다. 그런데 무엇이 나를 북부 독일까지 움직이도록 만들었을까? 대답은 매우 간단하다. 나는 다시 한 번 알고 싶었다. 정말 간절하게 알고 싶었다. 깨끗한 백지와 같은 상태로 새로운 곳에서 지내면서 내 용기와 능력을 시험해 보고 싶었다.

마흔 번째 생일을 맞으며 나는 지금까지 내가 잘 살아온 걸까, 앞으로 남은 인생은 어떻게 살아야 좋을까 하는 이런저런 고민들 때문에 마음이 내내 어지러웠다. 나뿐만 아니라 친구들과 가족들 중에서도 마흔 무렵에 심경의 변화를 맞은 이들이 몇 명 있었다. 그중에는 여전히 자신의 체력이 튼튼하다는 걸 입증해 보이려고 마라톤이나 철인3종 경기에 참가한 이들도 있었고, 불룩 튀어나온 배를 복근으로 바꾸어 놓겠다며 하루에 두 시간씩 헬스클럽에서 운동을 하는 친구도 있었다. 그런가 하면 정서적인 면에서 변화를 보이는 사람들도 있었다. 얼마 전까지만 해도 마음만 먹으면 뭐든 이룰 수 있다고 스스로를 생각하던 사람들이 갑자기 자신의 한계를 느끼고, 어느덧 절반이 지나 버린 삶을 허무해하는 것 같았다.

나 역시 그들과 크게 다르지 않은 혼란을 겪고 있었다. 그래서 나는 그 돌파구로 이주(移住)를 선택했다. 아무 기반도 없는 곳에서 모든 것을 새롭게 시작하며 밋밋해진 열정과 숨 죽은 용기를 되살려 보고 싶었다. 불안하지 않은 건 아니었지만, 기대감이 더 컸다. 나는 새로운 것을 배우고 경험하기를 좋아했고, 무엇보다 여행을 하면서 새로운 자극을 긍정적으로 받아들이는 연습을 수없이 해왔으니까. 그로부터 석 달 후 내 이삿짐을 실은 차가 나의 또 하나의 사무실 겸 보금자리가 되어 줄 베를린을 향해 달려갔다. 나는 지금까지 떠났던 여행 중 가장 길고, 흥미롭고, 강렬한 여행을 하게 되리라는 예감이 들었다.

베를린에서의 새로운 삶은 순조롭게 진행되었다. 현재 나는 빈과 베를린에서 직업적으로나 개인적으로 연결되어 있는 사람들을 만나고, 자동차를 타고 두 도시를 오가며 새로운 영감을 얻곤 한다. 내 제2의 고향이 되어준 독일에 대해 많은 것을 경험하고 '오스트리아가 멋진 나라이듯 독일도 마찬가지로 멋진 나라다!' 라는 확신을 갖게 되었다.

헤르만 헤세의 시 「생의 계단」에는 "모든 시작의 내면에는 마법이 숨 쉬고 있다"라는 구절이 있다. 나는 내 삶에서 '시작의 마법'을 여러 번 구했고, 들뜬 마음으로 이를 즐겼다. 만약 내가 지난날 몇 번이고 새롭게 길을 떠나 변화를 시도할 용기를 내지 못했더라면 오늘날 누리고 있는 행복과 내 일상의 조화로운 리듬을 찾지 못했을 것이다.

두려움이란 근본적으로 부정적인 것이 아니며, 우리의 친구가 될 수도 있다. 두려운 마음이 들 때에는 우리 내면에 항상 그럴 만한 이유가 있다. 두려움이 사라지게 하려면 두려움과 맞서야 한다, 말하자면 '두려움과 같은 테이블에 앉아' 대면해야 두려움이 사라진다.

우리는 주변에서 "원래 그렇잖아" 혹은 "지금까지 늘 그래 왔는데, 뭘" 하는 말을 곧잘 듣는다. 이런 생각을 갖고 있다면 새로운 것이 파고들어 갈 여지가 많지 않다. 스스로를 변화시키고 새로운 모습으로 만들어 가는 것이 즐거운 일이라는 믿음을 가지고 두려움에 맞설 용기를 가져야 한다.

　당신은 사람들이 용기를 어떻게 정의하는지 알고 있는가? 온라인 백과사전 위키피디아는 '용기'라는 추상적인 단어를 다음과 같이 흥미롭게 정의하고 있다. "용기는 대담함 혹은 용감함이라고도 표현되며, 어떤 일을 감행할 과감함과 능력을 지니고 있음을 의미한다. 오래전부터 이어져 내려온 언어 습관을 근거로 보면 '용기'는 특히 다른 단어와 함께 사용되면서 일반적인 심적 상태를 나타낸다. 사람들은 흔히 '용기'를 신중함 혹은 냉정함의 반대어라고 생각하지만 이는 잘못된 것이다. 오히려 '용기'는 위험과 위험 부담을 방비하기 위해 신중함과 냉정함을 전제로 할 때가 많다. 신중함이 결여된 그릇된 용기는 경솔함이나 무분별로 이어질 수 있다."

　삶 속에서 용기가 필요할 때는 언제일까? 새로운 일을 감행할 때에는 누구나 다 용기가 필요하다. 우리의 결정이 어떤 결과를 초래할지, 어떤 영향력을 갖고 있는지 샅샅이 알 수 없을 때에도 마찬가지다. 또 새로운 조직에 들어가거나 다른 사람들에게 자신의 마음을 열 때도 용기가 필요하다. 연애를 할 때에도 용기가 필요하다. 남들에게 공격을 받거나 마음의 상처를 받을 수 있는 상황에서도 용기가 필요하다.

홀로 새로운 길을 걸어가기 위해서도 새로운 용기가 필요하다. 여행 동안에는 다음번 교차로를 지났을 때 어떤 일이 우리를 기다리고 있는지 알 수 없다. 지금부터 앞으로 24시간 동안 무슨 일이 일어날지도 예측할 수가 없다. 어느 순간에 자신의 마음속 깊은 곳에 잠재되어 있던 두려움이 모습을 드러낼지 알지 못하며, 이 두려움으로 인해 얼마나 악몽 같은 시간을 보낼지도 알지 못한다.

누구나 홀로 여행을 하다 보면 집에서 익숙한 일상을 보낼 때보다 외부로부터 공격을 받고 마음의 상처를 입을 일이 더 자주 생긴다. 악몽에 시달리는 우리를 흔들어 깨워 주고 안아서 달래 줄 이가 없을 때 우리가 할 수 있는 것은 한 가지밖에 없다. 바로 우리 스스로를 안아서 달래 주고 용기를 불어넣는 말을 해 주는 것이다. 이러한 일을 단 한 번이라도 경험하고 나면, 다시 말해서 이 세상 어딘가의 호텔방에서 두려움에 떨며 홀로 울고 있는 자신에게 용기를 불어넣어 주고 나면, 당신은 집에서 일상생활을 할 때에도 몇 번이고 스스로에게 용기를 불어넣어 줄 수 있다는 사실을 깨닫게 된다. 나는 당신이 이런 내적 안정감을 얻는 멋진 체험을 하길 바란다.

# 아프리카 오카방고 숲 속 캠프에서 찾은 삶의 가치

나는 어렸을 때 아프리카에 사는 야생 동물 다큐를 본 뒤
부터 오카방고 델타에 가고 싶었다. 오카방고 델타는 아프
리카 남부 보츠와나에 있는 습지대로 700여 종의 야생 동물
들이 삶의 터전으로 삼고 있는 칼라하리 사막의 보석이다.
사막 한가운데에 있는 내륙 삼각주인 오카방고 델타는 앙골
라 중앙 산지에서 발원한 오카방고 강이 사막의 더운 바람
을 이기지 못하고 증발해 버리면서 만든 강의 흔적이다. 나
는 바다로 흐르지 못하는 유일한 강인 오카방고 강의 이야
기를 들으며 강의 운명이 안 됐다고 생각하다가도, 이 강이

오카방고 델타를 만들고 강의 흔적인 수로가 야생 동물들에게 생명수를 제공하는 오아시스 역할을 한다는 이야기를 들으며 이런 운명도 나쁘지 않다고 생각했다. 바다로 흐르지는 못했지만 오카방고 강이 떠나면서 남긴 물 덕분에 코끼리와 버팔로, 하마, 기린, 얼룩말, 사자 등 많은 동물들이 오카방고 델타에서 삶을 이어나갈 수 있으니까 말이다.

나는 마흔이 넘어서야 꿈에 그리던 보츠와나를 패키지로 여행하게 되었다. 우리의 일정은 모코로라는 배를 타고 오카방고로 들어가 2박 3일 동안 그곳에 머무르면서 자연을 관찰하는 것이었다. 모코로는 모코로 나무를 깎아 만든 전통 카누로 오카방고에서 가장 효과적인 이동 수단이다. 얇고 긴 모양의 배에 여행자 두 명이 앞 쪽과 중간에 앉으면 사공이자 가이드인 폴러가 뒤에 서서 기다란 장대로 강바닥을 밀어내며 앞으로 나아갔다. 오카방고 델타 주변 수로의 높이는 허리 정도밖에 안 되지만 수풀을 헤치며 배를 타고 나아갈 때는 꼭 인디애나 존스가 된 것 같은 기분이 들었다.

캠핑 사이트에 도착해서 제일 적응이 안 되었던 것은 화장실이었다. 사실 화장실이라 할 것도 없었다. 살짝 외진 곳에 구멍을 파 놓은 것이 전부였다. 볼일을 볼 때는 화장실 앞쪽에 꽂힌 삽을 들고 지정된 장소에 가서 일을 보고, 일이 끝나면 다음 사람을 위해 흙을 덮어 두는 방식이었다. 화장실이 이용 중인지 아닌지는 삽의 유무로 알 수 있었다.

우리는 하루에 한두 번 부시 워킹(Bush Walking)을 떠났다. 본디 목적은 야생 동물들을 보기 위해 떠나는 것이지만 허탕을 칠 때도 많다. 아프리카의 작열하는 태양 아래를 걸으며 코끼리 똥을 보고 손가락질하고, 무리지어 있는 얼룩말을 보며 숨을 죽이고, 하이에나가 먹어치운 기린 뼈를 보며 깜짝 놀라기도 했다. 동물을 볼 확률은 높지 않았지만 딱히 따로 할 것이 있는 것도 아니어서 2박 3일 동안 매번 따라 나섰다.

사실 오카방고 델타에서 가장 기억에 남는 시간은 마지막 날 밤에 했던 캠프파이어다. 마지막 날을 기념하여 캠프파이어 주변에 둘러앉아 모닥불이 타는 소리를 듣고 있는데 일행 중 한 명이 돌아가면서 자신이 제일 가치 있게 생각하는 것에 대해 얘기하는 것이 어떠냐고 제안했다. 약간 지루하기도 했던 우리는 그의 의견에 동의했고 한 명씩 자리에서 일어나 각자 자신이 인생에서 가장 중요하게 생각하는 가치에 대해 이야기했다.

제일 먼저 얘기를 시작한 사람은 열두 살 아들과 함께 아프리카를 여행 중인 노르웨이인이었다. 그가 가장 중요하게 생각하는 가치는 가족이었다. 그는 가족이 제일 소중하기 때문에 바쁜 와중에도 시간을 내어 아들과 함께 여행을 하고 있는 것이라고 말했다. 경제를 공부하는 네덜란드 대학생은 자유를, 평범한 회사원이라고 자신을 소개한 일본인은 자신의 주변 사람들과 행복한 시간을 보내는 것을 가장 중요한 가치로 내세웠다.

발표가 거의 막바지에 이르렀을 때 독일에서 의사로 일하고 있는 남자의 순서가 되었다. 그는 오카방고 델타에 들어온 뒤로 유독 생각이 많아보였는데 자리에 일어선 뒤에도 쉽게 입을 열지 못했다. 그는 자신이 독일에서 5개 병원을 오가며 의사로서 바삐 일하고 있다고 운을 뗐다. 그는 여행을 오기 전까지 가치에 대해 생각을 해 본 적이 없었고 그저 바쁘게 살며 시대의 흐름에 뒤처지지 않기 위해 노력했다고 말했다. 그러나 이곳에서 2박 3일을 보내는 동안 생각이 많이 바뀌었다고 했다. 늘 바삐 움직이는데도 공허한 기분에서 벗어날 수 없었는데 아이러니하게도 '느림' 이라는 사치를 누리자 현재라는 시간이 선물해 주는 소소한 행복을 느낄 수 있게 되었다는 것이다. 그는 아직 삶의 가치를 찾지는 못했지만 일단 독일로 돌아가면 주당 근무 시간을 줄이고 더 이상 무리해서 일하지 않겠다고 마음을 먹었다고 했다. 우리는 그의 새로운 출발을 지지하며 응원의 박수를 보냈다.

　나는 그날 밤 세계 각국에서 온 교육의 정도도 생활 방식도 다른 여러 사람들의 삶의 가치에 대해 들으며 삶의 가치가 주는 위대한 힘을 느낄 수 있었다. 우리의 삶은 우리가 어떤 시대를 살고 있는지, 어떤 교육을 받아 왔는지에 의해 결정되는 것이 아니다. 삶의 모습을 결정짓는 것은 우리 스스로가 무엇을 중요시하고 소중하게 여기는지, 즉 어떤 가치를 중요하게 여기는가에 달려 있다.

　혼자 여행하는 동안 당신은 인생의 가치에 대해 깊이 생각할 수 있는 기회를 잡을 것이다.

　혼자 있는 시간 동안 자신의 내면의 목소리에 귀를 기울여보라. 그리고 자기 삶의 나침반을 들여다보라. 일상이 너무 바빠서 조급한 마음이 들고 닥치는 대로 어디론가 쏜살같이 달려 나갈 궁리만 하던 사람도 혼자 여행을 하는 동안에는 익숙지 않아도 시간을 가지고 자신이 나아가야 할 방향을 재점검하게 된다. 이 시간을 통해 자기 삶의 나침반 바늘이 어디를 가리키고 있는지 확인해 보면 삶의 가치 또한 알 수 있을 것이다.

삶의 가치는 무엇이 되든 상관없다. 모든 사람이 똑같은 가치를 가지고 살아갈 필요도 없다. 바다로 흐르는 대신 사막에 남아 동물들의 오아시스가 되어 준 오카방고 강이 자신만의 가치를 지니듯 당신도 당신만의 삶의 가치를 지니면 된다. 용기, 사랑, 자유, 가족 무엇이 되었든 당신이 살면서 절대 포기하고 싶지 않은 하나의 가치를 정하고 살아간다면 삶의 모습도 천천히 그에 맞게 변화할 것이다. 너무 어렵고 힘든 일이라고 생각하지 않았으면 좋겠다. 당신이 스스로 어떤 가치를 중요하게 여기고 있는지 끊임없이 되새기고, 그 가치를 수호하며 살기 위한 방법을 1년에 한 번이라도 고민한다면 삶은 저절로 우리의 가치에 맞게 변화할 것이다.

# 행복한 사람은 '자기 자신'이라는 친구가 있다

● ● ●

친구를 얻는 가장 좋은 길은
스스로 친구가 되어 주는 것이다.
- 랄프 왈도 에머슨

2011년 여름에는 행운의 여신이 나와 함께 했던지 세 번이나 연속으로 값비싼 경품에 당첨되었다. 행운의 포문을 연 것은 대용량 샴페인이었다. 두 번째 행운의 경품은 시가 2,000유로 상당의 수제 손목시계였고, 마지막을 장식한 행운의 경품은 마데이라 섬 왕복 항공권과 일주일 숙박권이었다. 심지어 동반자 1인까지 이용 가능한 여행권이었다! 이 소식이 알려지자 한동안 휴대폰이 쉴 새 없이 울렸다.

전화를 걸어온 친구들은 어쩜 그렇게 운이 좋으냐고 감탄하면서 저마다 무료 포르투갈 여행의 동반자가 되어주겠다고 제안했다. 하지만 정작 나는 여름 내내 일에 치여 정신없이 지낸 터라 누구와 함께 가고 싶은 생각이 전혀 없었다. 나는 친구들에게 이미 함께 갈 사람이 있다고 말하고 조용히 혼자 떠났다. 그리고 마데이라 섬에서 나 자신과 함께 더없이 유익한 일주일을 보냈다.

세상과 떨어져서 자신을 성찰하는 것은 사실 고된 정신 훈련 중 하나다. 혼자 여행을 하면 마음속에 깊이 묻어 두었던 두려움들과 후회들이 미처 방어할 새도 없이 몰려올 때가 많다. 나 역시 마데이라 섬을 향하는 비행기에 오른 순간에도 다시 한 번 용기를 내 불안한 마음을 떨쳐 내야 했다.

내가 마주한 두려움은 관계에 대한 것이었다. 어린 시절 할아버지를 잃었던 기억 때문에 나는 다른 사람에게 마음을 주는 일을 어려워했다. 거의 열 살 무렵까지 할아버지는 나의 보호자였다. 해외 출장이 잦았던 아버지와 일 때문에 바빴던 어머니를 대신해 할아버지는 나를 살뜰하게 챙겨 주셨다. 책을 읽어 주고, 그네를 밀어 주고, 친구와 싸웠을 때 내 얘길 가만히 들어 주셨다. 자전거와 롤러스케이트 타는 법을 가르쳐 준 사람도 할아버지였다. 그런 할아버지가 돌아가시자 나는 늘 소중한 사람들이 갑자기 사라질 수도 있다는 두려움을 안고 살았다. 누군가를 만나면 헤어지게 될 것을 걱정했고 상처받지 않기 위해 거리를 뒀다. 그래서 결혼 생활이 쉽지 않았던 것일 수도 있다.

그럼에도 불구하고 혼자 여행을 계속하는 이유는 다른 많은 단독 여행자들과 마찬가지로, 홀로 여행을 할 때마다 매번 스스로에 대해 조금 더 많은 것을 알아 갔기 때문이다. 물론 그 과정이 항상 유쾌하지는 않다. 때로는 오랫동안 회피해 왔던 문제와 직면하고 해결책을 찾느라 힘겨운 시간을 보내기도 한다. 그러나 혼자 여행하는 시간이 쌓여 갈수록 앞으로 내가 무엇을 해야 하는지, 내 삶에 두려움 대신 무엇을 채워 넣어야 하는지를 조금씩 알게 되었다. 돌이켜 보면 내 마음을 덮고 있던 슬픔의 베일이 걷히던 순간 오랫동안 경직되어 있던 마음이 풀어지고 형용할 수 없는 평온이 찾아왔던 것 같다.

홀로 존재하는 시간은 삶의 여정에 특별하면서도 긍정적인 힘이 되어 줄 수 있다. 나는 혼자 여행을 하면서 엄청난 발견을 했다. 내 인생에서 가장 중요한 계명을 찾은 것이다. 그것은 바로 '행복하라!'다. 예전 같으면 나 자신을 행복하게 만드는 일이 그다지 쉽지는 않았을 것이다. 그때 나는 무엇이 나를 행복하게 만드는지 정확히 안다고 할 수 없었다. 그런데 혼자 여행을 하면서 에리히 프롬 같은 사상가들이

귀에 못이 박히도록 이야기했던 "인간은 자신을 사랑해야 행복해지고 타인을 사랑할 수 있다"는 말을 이해할 수 있었다. 낯선 땅에 홀로 남겨지자 나를 더욱 믿고 사랑하게 됐고, 다른 사람을 더 너그럽게 받아들일 수 있었으며, 하루하루 행복해졌다!

프랑스 출신의 수학자이자 철학자 블레즈 파스칼은 "인류의 거의 모든 문제는 사람들이 한 공간에 오랫동안 단지 자신과 홀로 있지 못하기에 생겨난다"고 말했다. 혼자서 여행을 떠나 자신을 바라보고 자신과 함께 시간을 보내다 보면 그동안 숨겨져 있던 엄청난 것들이 모습을 드러낸다. 자신이 어떤 두려움을 갖고 있는지 분명히 알게 되고, 새로운 목표가 저절로 세워지며, 새로운 길을 걸어 보고 싶은 마음이 생겨난다. 또한 삶의 여정을 꿋꿋하게 계속할 의지가 생기고 보다 건설적인 삶의 의미를 발견하기도 한다. '삶을 꿈꾸지 말고, 꿈을 살아 내자'라는 의지가 생기는 것이다.

실제로 어떤 문제에 대한 해답을 찾는 사람들이나 저명한 학자, 정치가들은 1년에 한 번씩 세상에서 한 발짝 물러나 자신에게로 돌아가는 시간을 갖는다. 인간의 의지란 저절로 샘솟는 샘물이 아니라 수위를 조절해 주어야 하는 저수지 같아서 늘 신경을 쓰고 돌봐야 한다는 걸 알기 때문이다.

그들은 의지의 바닥이 보이기 시작할 때 일상에서 끼어드는 모든 방해 요소를 차단하고 혼자만의 공간으로 떠난다. 두려움과 회의가 마음을 덮기 전에 자신감과 용기를 충전하는 것이다. 세상에 대한 우리의 바람이란 따지고 보면 스스로에 대한 바람이다. 사람들 속에서 아무런 조건 없이 절대적인 사랑을 받고 싶은 마음은 우리 스스로에게 사랑받고 싶은 마음을 대변하는 것이다. 결국 내면의 두려움에서 벗어나려면 자신의 실수와 상처를 무조건 감싸 안을 만큼 스스로를 사랑하는 길밖에 없다.

혼자 여행을 하다 보면 목적지를 코앞에 두고 몇 시간씩 방황할 때도 있고, 숫기가 없어 우연히 만난 사람들과 말 한 마디 나누는 게 어려울 때도 있다. 그러면 내가 왜 혼자 여행을 왔을까부터 시작해서 나는 보잘것없다는 생각까지 하게 된다. 스스로를 미워하게 되는 것이다. 그러나 낯선 나라에서 도와줄 사람도 하나 없는데 나를 미워하면 좌절감만 커질 뿐이다. 스스로가 아무리 한심하게 느껴질 때라도 너무 모질게 자신을 다그쳐서는 안 된다. 나의 경우에는 자기 자신에 대한 애정을 유지하는 데 이런 생각이 도움이 되었다. '스스로에게 가장 친한 친구이자 아버지이자 어머니가 되어 주자'는 생각이었다. 친한 친구가 실수했을 때 '너는 태어나지 말았어야 했어'라고 말하는 사람은 없다. 또 절망하는 자식을 보며 '네가 하는 일이 그렇지 뭐'라고 말하는 부모도 없다. 부족한 모습을 보면 질책하고 못마땅해 하는 대신 격려하고 응원해 주는 친구나 부모처럼, 좌절할 때마다 자신을 격려하고 용서하자고 생각했다. 어떤 상황에 처해 있건 같은 편에 서서 지지해 주고 가장 좋은 조언을 해 주고 필요할 때 항상 곁에 있어 주는 사람이 되어 스스로를 지켜 주는 것이다.

날마다 24시간 내내 한 시도 빠짐없이 함께 길을 걷는 자신이 가장 좋은 친구가 되면 얼마나 좋겠는가? 기쁠 때는 함께 기뻐하고, 깊은 나락에 떨어진 듯한 슬픔에 잠겨 있을 때는 위로해 주는 사람이 있다는 게 얼마나 힘이 나는지 당신은 분명 알고 있을 것이다. 스스로를 한심하게 여기고 미워하고 원망하면 두려움과 나약함, 부정적인 생각들은 점점 더 커질 수밖에 없다. 강해지고 싶다면, 두 번 다시 실패하고 싶지 않다면 무엇보다 먼저 자신을 존중하고 배려하며, 함께 있을 때 평온한 마음이 드는 가장 친한 친구가 되어 주라! 두려움 없는 인생은 그때서야 가지게 되는 것이다.

# 누구도 '넌 안 될 거야'라고 말하지 못하게 하라

• • •

우리는 왜 여행을 하는가?
우리를 알지 못하는 사람들과 우연히 마주치기 위해서,
삶에서 무엇을 할 수 있는지 다시 한 번 경험하기 위해서
우리는 여행을 떠난다.
– 막스 프리쉬

당신은 괴짜 경영자로 유명한 리처드 브랜슨을 아는가? 그를 설명하는 수식어는 다양하다. 300여 개의 계열사를 거느린 영국 버진 그룹(Virgin Group)의 회장, 최초의 대서양 열기구 횡단자, 영국 왕실 기사 작위 보유자, 개인 자산 46억 달러(약 4조 7000억 원)의 영국 4위 거부. 여기까지 들었다면 당신은 그가 재벌 2세이거나 수재일 것이라고 생각할지도 모르겠다. 그러나 오히려 그 반대다. 리처드 브랜슨은 난독증으로 고등학교를 중퇴한 학습부진아였다.

브랜슨은 선천적 난독증 때문에 학교 성적이 좋지 않았다.

대신 축구와 럭비, 크리켓 등 자신이 잘할 수 있는 운동 종목에서 뛰어난 실력을 보였다. 그러나 불행히도 축구 경기 도중 무릎 부상을 당해 더 이상 시합에 뛸 수 없게 되었다. 결국 그는 17살의 나이로 학교를 자퇴했다.

그러나 브랜슨은 좌절하거나 포기하지 않았다. 그는 자신의 난독증에 도전하는 의미로 기성의 규칙과 관습에 저항해 온 기질을 살려 학생 잡지《스튜던트(Student)》를 창간했다. 초반에《스튜던트》의 수익성은 그리 좋지 않았지만 잡지 판매 과정에서 브랜슨에게 사업적 영감을 주었다. 그는 많은 학생들이 다소 비싸더라도 음반을 사는 일에 주저하지 않는다는 것을 깨달았다. 브랜슨은 이에 착안해 우편 주문 음반사 버진 레코드를 세우고《스튜던트》에 광고를 실었다. 학생도 아닌 고교 중퇴자가 내놓은 이 잡지는 날개 돋친 듯 팔려 지금 버진 그룹의 토대인 버진 레코드를 알렸다. 브랜슨은 여기에 만족하지 않고 수많은 기업체를 설립하여 자신의 사업 아이디어를 실현하였다. 버진 그룹의 로고는 비행기는 물론이고, 철도, 영화관, 음반 매장, 호텔, 스마트폰, 복권, 콜라 캔 등 거의 모든 부문에서 영국 어딜 가든 쉽게 볼 수 있다. 1999년에 모범적인 기업가 정신을 빛낸 공으로 영국 여왕으로부터 기사 작위를 받아 현재는 리처드 브랜슨 경이라

불리는 그는 고국 영국 뿐 아니라, 미국에서도 그 영향력과 인기가 굉장하다.

변변한 정규교육조차 받은 바 없는 브랜슨 회장은 재무제표도 제대로 읽지 못하며 사업 초기 총이익과 순이익도 구분하지 못했다고 한다. 만약 리처드 브랜슨 경이 자신을 제약하는 요소들을 과감하게 떨쳐 버리지 못했다면 그는 지금 어떤 모습으로 살고 있을까?

그는 사회가 규정한 불리한 조건에 주눅 들지 않고 자신이 원하는 바를 이뤄 내기 위해 노력했다. 난독증과 고교 중퇴를 향해 사람들이 보내는 손가락질에 개의치 않고, 가슴속에 품고 있던 비전을 가꾸어 나갔다. 그는 하나 이상의 목표에 최선을 다하며 그 과정을 진심으로 즐겼다. 다른 사람들은 그가 가지고 있는 조건들을 넘지 못할 장애물로 보았지만 그의 삶은 그런 것에 전혀 영향을 받지 않았다.

안타깝게도 리처드 브랜슨과 다르게 우리는 자신에게 주어진 환경을 지나치게 의식하고 여러 가지 도전할 수 있는 일을 스스로 제한하는 경향이 있다. 당신은 모든 일을 해낼 수 있다고 상상해 본 적이 있는가? "이러이러하면 좋을 텐데, 하지만 나한테는 불가능한 일이야"라며 스스로 한계를 굿지 않고 말이다!

한계를 넘어서고자 하는 사람은 그에 맞서 도전해야 한다. 나의 고객 가운데 도전과 성장의 상관관계를 잘 보여 주는 사람이 있다. 그는 어렸을 때 뚱뚱한 몸 때문에 체육 시간에 아이들에게 놀림을 받은 뒤로 운동을 극단적으로 싫어하게 되었다. 10년 후 그는 몸무게가 120킬로그램인 상태로 군 복무 소집 영장을 받았다. 군 입대 후 비만 때문에 심한 모욕을 받은 그는 자신의 삶을 변화시키기 위해 혹독하게 단식을 하고 몸무게를 대폭 줄였다. 하지만 변화는 오래 가지 못했다. 제대 후 대학에 다니면서 다시 예전처럼 생활하자 몸무게가 원상태로 돌아온 것이다.

그는 졸업을 앞두고 취업 준비를 하기 시작하면서 지금이야 말로 자신을 옭아매고 있는 '뚱뚱하고 둔한 애'라는 굴레에서 벗어날 때라고 생각했다. 그래서 마라톤 100회 완주자 클럽에 가입하겠다는 엄청난 목표를 세웠다. 공부를 하면서 틈나는 대로 마라톤 대회에 참가해 100회 완주라는 목표를 달성했고, 마라톤 100회 완주자 클럽의 전 세계 최연소 회원이 되었다. 그는 자신의 한계를 뛰어넘었다. 소파에 기대앉아 감자칩을 집어 먹는 뚱뚱한 남자에서 '강한 남자'로 변신한 것이다. 서른 살이 된 그는 이제 자신의 성공 스토리를 출간

할 계획을 세우고 있다.

만약 자신에게 아무런 제약이 없다고 가정할 때 자신이 진
정으로 기꺼이 하고 싶어 하는 일이 무엇인지 알고 있는가?
무엇이 당신의 마음을 두근거리게 만들고 움직이게 하는가?
어떤 일과 어떤 목표를 위해 전념하고 싶은가? 이는 언뜻 보
면 매우 간단해 보이는 질문이나, 상담을 하다 보면 이 질문
에 선뜻 답하지 못하는 고객들을 자주 볼 수 있다. 이들은 교
육 수준이 높고 삶에서 이미 많은 것을 이루었음에도 아직
자신의 존재를 완전히 발견하지 못한 상태다. 그들에게 도
움을 주는 것은 아주 간단하다. 시간을 내어 다음의 문장들
을 조용히 중얼거리거나 커다랗게 소리 내어 말해 보고 어
떤 기분이 드는지 살펴보라고 하는 것이다.

- 나는 내 삶을 스스로 결정한다.
- 나는 내 마음이 평화로운지 관심을 갖고 살펴본다.
- 나는 내가 원하는 길을 가고 있다.
- 나는 내가 필요로 하는 공간을 갖고 있다.
- 나는 무엇이 나에게 좋은지 알고 있다.
- 나는 나에게 이로운 결정을 내린다.
- 나는 나에게 새로운 가능성이 열려 있다고 믿는다.

이 과정은 당신이 누릴 수 있는 여러 가지 삶의 자유에 대해 생각해 보는 시간이 될 것이다.

사회적 통념이나 고정 관념에서 벗어나 우리를 제약하는 것들로부터 자유로워지기 위해서는 기존의 문화와 상반되는 문화권으로 떠나 보는 것도 바람직하다. 자신을 구속하는 것들로부터 자유로워지면 당신의 내면에 잠재해 있던 꿈이 날개를 펴기 시작한다. 내 경우에는 몇 주 동안 인도에서 잘 적응하며 지낸 것이 계기가 되어 베를린으로 이사를 가겠다는 결정을 어렵잖게 내릴 수 있었다. 인도에 비하면 베를린은 바로 이웃이지 않은가. 또한 인도 사람들이 돈을 벌기 위해 인도와 아랍에미리트를 쉽게 오가는 모습을 보면서 꼭 한 곳에 정착해서 살아야 하는 것은 아니라는 것을 깨닫고 새롭게 생활을 계획하게 되었다. 나는 지금까지 젖어 있던 '이것 아니면 저것'이라는 논리에서 벗어나 '이것과 저것 모두'라는 논리를 습득했다.

여행을 하면서 내가 내려놓은 또 하나의 제약은 바로 성별이다. 남성 동반자 없이 혼자서 여러 차례 여행을 하다 보니 내게 필요한 일을 직접 하는 법을 배우게 되었다. '여자이기 때문에', '여자라서'라는 말 뒤에 숨어 한 발짝 뒤로 물러나 있던 일들을 스스로 하기 시작했다. 스스로 엔진 오일 상태를 체크하고, 지도를 읽고, 가방 한쪽으로 무게 중심이 쏠리지 않도록 짐을 싸는 법 등 많은 것을 배우고 익혀 나갔다. 또한 차분한 목소리로 분명하고 단호하게 나에게 필요한 일을 관철하는 법도 배웠다. 주위 친구들의 행동을 눈여겨보며 계획적이고 체계적으로 사고하는 법을 습득했고, 여행을 떠나기 전에 체크해야 할 목록을 작성하는 습관을 들였다.

살다 보면 위에서 언급한 것과 다른 성격의 제약을 만날 때도 있다. 가족의 삶을 자기 어깨에 짊어진 채 힘겹게 사는 사람들이 그 대표적인 사례다. 아버지가 부재한 가정의 맏이로서 어린 나이에 어머니와 형제들을 돌보는 딸도 있고, 남편의 외도를 참고 사는 어머니를 행복하게 해 주기 위해 남보다 뛰어난 학업 성적을 거두려 애쓰며 아버지의 빈자리를 메우려 노력하는 외아들도 있다. 또는 자녀와 가족들이 너무 많은 것을 요구하고, 이들을 위한 모든 것이 그의 손을 거쳐야만 하는 사람도 있다.

이 문제들은 삶에 여러 가지 제약을 만들어 내고, 결론적으로 자신이 원하는 것을 향해 달려갈 수 없도록 발목을 붙잡는다. 다른 사람의 삶의 과제를 대신 떠맡게 되면 자신이 아닌 타인의 문제로 끊임없이 시달릴 수밖에 없다. 여기에는 테레사 수녀처럼 남을 위해 자신을 희생해야 한다는 강박감과 무턱대고 나서서 남을 구해 주려는 슈퍼맨적 기질이 숨어 있으며, 때때로 상대방으로 하여금 스스로 능력을 발휘하고 발전해 나갈 기회를 박탈하는 결과를 초래하기도 한다.

이럴 때 역시 현재 처한 상황에서 벗어나 자신의 내면에 조금만 귀를 기울임으로써 해결방법을 찾을 수 있다. 내면의 목소리에 귀를 기울여 보면 많은 것을 깨닫게 된다. 우리의 내면의 목소리는 우리에게 매우 정확하게 "이건 내가 책임질 일이고, 그건 네가 책임질 일이야"라고 말해 준다. 한계를 분명하게 그어 주고 자신을 묶고 있던 과도한 책임감, 죄책감, 할 수 없다는 생각, 부정적인 시선으로부터 벗어나게 도와준다. 홀로 자기 자신과 함께 여행을 하는 동안에는 여행 가방도 혼자서 들어야 한다. 그 대신 다른 사람의 여행 가방을 들어 줄 필요도 없다. 자신의 가방 외에 그 누구의 가방도 자신을 짓누르는 짐이 되지 않는다. 다른 누구를 위해 짐을 꾸릴 필요도 없으며, 자신의 삶에 관해 다른 누구의 간섭을 받을 필요도 없다.

자신을 묶어 두는 모든 제약을 갑판 위에 던져 버려라. 리처드 브랜슨은 난독증에도 불구하고 잡지를 창간했다! '이걸 해야 한다, 저것은 불가능할 것이다'라는 주변의 소리에 신경 쓰지 마라. 여행을 하다 보면 당신이 할 수 없는 일보다

할 수 있는 일이 더 많다는 사실을 깨닫게 될 것이다. 여태까지 너무나 당연하게 할 수 없다고 생각했던 일들에 도전해 보라. 혼자 여행을 떠나는 이 시간이 바로 당신의 가능성을 묶고 있던 닻줄을 풀고 출항할 시간이다.

Chapter 3

**여행이 나에게 가르쳐 준 것들**

## 생각할 시간을 가져라, 확신이 설 때까지

• • •

영혼이 몸 안에 깃들게 하려면
때로는 몸이 원하는 일을 해야 한다.
– 윈스턴 처칠

여행을 할 때 다리가 아프면 우리는 쉴 곳을 찾는다. 고열
과 두통에 시달리면서도 안간힘을 써서 에펠탑을 보러 가는
여행자는 없다. 그러나 삶에서 우리는 자주 몸이 보내는 신
호를 무시하고 어떻게든 하나라도 더 이루기 위해 발버둥
친다.

기자로 일할 때 나는 그야말로 눈코 뜰 새도 없이 바쁜 하
루하루를 살았다. 주중에 새벽 6시에 일어나는 것은 기본이
고, 두 달 동안 주말에도 예외 없이 새벽에 알람 소리를 듣
고 일어나는 기록을 세우기도 했다. 낮에는 외근이 많아 자

리에 앉아 있을 시간도 없었고 저녁이면 취재한 내용을 정리하고 글을 쓰느라 한밤중이 되어서야 집에 들어가는 일이 허다했다. 퇴근 후에는 완전히 기진맥진한 상태가 되어 멍하니 TV를 보다가 씻는 것도 잊고 잠들 정도였다. 심지어 꿈에서 광고 계약을 체결하기도 했다. 친구들과 약속은커녕 남편과 저녁을 먹는 게 월례 행사가 됐고 일요일에 브런치를 즐기거나 공원에 갈 시간도 없었다. 마치 다람쥐 쳇바퀴 속에 갇힌 채 몸과 마음이 완전히 딱딱하게 굳어 버린 것 같았다.

신선한 공기를 마시며 여유 있게 산책을 하고 소파에 누워 음악을 듣는 시간이 너무나 그리웠다. 하지만 휴가를 낼 수는 없었다. 멍청하게도 내가 없으면 잡지가 나오지 않을 거라고 생각했기 때문이다. 물론 그때 억척스럽게 일했던 경험이 나를 빨리 성장하게 만들고 심리 코치로 일하고 있는 지금 엄청난 밑거름이 된 것은 맞다. 하지만 잃은 것도 많았다. 친구들과 소원해졌고 남편은 나를 이해하지 못했다. 그리고 몸이 아팠다. 먹으면 소화가 안 되고 먹지 않으면 빈혈 증상이 나타났다. 그런 상태가 되자 휴가를 내지 않으면 입원을 하게 될 거라는 남편의 말이 맞다는 생각이 들었다.

나는 그가 권유한 대로 일주일 휴가를 내고 보기만 해도 새로운 힘이 솟아나는 아름다운 오스트리아 남부 뵈르터 호수로 떠났다. 그리고 호수 인근의 휴양 호텔에 체크인을 한 뒤 일주일 내내 자고 싶을 때마다 실컷 잠을 잤다. 게으름을 피운다고 타박하는 사람도 없었고, 계속 잠만 자는 것을 부끄러워하며 누군가에게 왜 이렇게 자는지에 대해 변명할 필요도 없었다. 마치 천국에 온 것 같은 기분이 들었다. 그렇게 며칠 동안 부족했던 잠을 보충하고 나니 다시 기력이 회복되고 정신이 맑아졌다. 새로운 생각들이 마음속에서 자라났고, 시간을 내 마음대로 보낼 수 있다는 생각에 저절로 힘이 샘솟으며 마음이 뿌듯해졌다. 그리고 바로 그 순간 마음 깊숙한 곳에서 한 가지 소망이 느껴졌다. 그것은 시끄럽게 울려 대는 알람 없이 내가 원하는 시간에 잠에서 깨어나는 것이었다. 평소에는 다섯 개씩 알람을 맞춰도 눈을 뜨기가 힘들었는데 이곳에서 며칠 푹 쉬고 나니 4일째부터는 새벽에 저절로 눈이 떠졌다. 몸 안의 장기들이 하나하나 깨어나는 기분이었다. 나는 누가 시키지도 않았는데 일어나 조깅을 하고 아침을 먹고 책을 읽었다.

이 휴가는 나에게 큰 자극이 됐다. 내 몸에 맞는 시간 리듬이 있다는 걸 알게 됐고 그 리듬을 회복했을 때 능동적으로 삶을 살아갈 수 있다는 것을 깨닫게 된 것이다. 물론 이런 깨달음을 곧바로 실천할 수 있었던 것은 아니다. 뵈르터 호수 휴양 호텔에서 평화로운 시간을 보내고 돌아온 후, 나는 다시 예전의 삶 속으로 빠르게 빨려 들어갔다. 새벽 6시에 일어나 하루 종일 일하고 다음 날 할 일을 생각하며 잠이 들었다. 여전히 친구를 만날 시간은 없었고 모든 일을 책임져야 한다는 부담감도 내려놓지 못했다. 그러나 예전과 달라진 게 있다면 몸이 못 견디겠다고 신호를 보낼 때는 한 시간이라도 사무실 밖으로 나가 쉬었다는 것이다. 내가 출근하지 않으면 일이 진행되지 않을 것이라는 어리석은 집착도 버리려고 노력했다. 그래서 일도 사랑도 모두 망가져 버렸다고 느꼈던 어느 날, 수도원을 떠올릴 수 있었는지 모른다. 지친 몸을 일으켜 세우는 건 아무것도 하지 않고 쉬는 것임을 한번 경험했으니까 말이다.

작가이자 컨설턴트인 스티브 도나휴는 20대 초반에 사하라 사막 횡단에 나섰다. 여행길에서 만난 탤리스, 앙드레, 장 뤽이라는 친구들과 함께 푸조 자동차를 타고 사막을 건너던 그는 알제리의 인 살라 부근에서 잠깐 방심한 사이 프슈프슈에 빠지고 만다. 프슈프슈는 부드러운 가루 모래로 가속 페달을 밟을수록 더 깊은 모래 늪으로 빠져 들어가는 사막의 악몽 같은 존재다. 프슈프슈를 탈출하는 방법은 하나

뿐이다. 타이어에 바람을 빼 바닥과 타이어의 접촉면을 넓히고 자동차의 높이를 낮추는 것이다. 우여곡절 끝에 친구들과 함께 프슈프슈를 빠져 나온 도나휴는 자신의 책 『사막을 건너는 여섯 가지 방법』에서 이렇게 말한다. "모래에 갇혔을 때는 타이어에서 공기를 빼고 차의 높이를 낮춰라. 그러면 차가 모래 위로 올라설 수 있다. 인생도 그렇다. 정체된 상황은 우리의 자신만만한 자아에서 공기를 조금 빼내야 다시 움직일 수 있음을 의미하는 것일 수도 있다."

생각해 보면 인생의 전환점이라고 하는 것은 모두 문제 상황과 맞닿아 있다. 진행하던 프로젝트가 번번이 엎어지고, 사랑하는 사람에게 이별을 통보받고, 스트레스 때문에 몸이 아프기 시작할 때에야 우리는 지나온 시간을 돌아보고 무엇이 잘못됐는지, 앞으로 어떻게 해야 할지 고민하기 시작한다. 그때 '내가 하는 일이 그렇지'라고 체념하며 주저앉을지, 아니면 새로운 길을 찾아 나아갈지는 문제 상황을 받아들이는 우리의 자세에 달려 있다.

분명한 것은 해결의 열쇠는 문제 지점과 한발 떨어진 곳에서 얻을 수 있다는 것이다. 뭔가 일이 꼬이고 잘못되어가는 것 같을 때 계획대로 해야 한다고 고집부리고 우격다짐으로 밀고 나가는 것은 막다른 길에서 벽에 대고 머리를 찧는 것과 똑같다. 그 상황에서 빠져 나와 차분히 생각을 정리하고 지친 몸과 마음을 추스른 다음에야 나중에 후회하지 않을 선택을 할 수가 있다. 고장 난 차로는 아무 데도 갈 수 없다.

언젠가 산에 올라가 매우 인상적인 경험을 한 적이 있다. 산 아래쪽 골짜기에 있을 때에는 내 삶의 5퍼센트에 해당하는 부분, 즉, 밤낮으로 내 머릿속을 꽉 채우던 걱정거리만이 보였는데, 산꼭대기에 올라가니 갑자기 모든 것이 달라졌다. 시야가 탁 트이고 넓어지면서 내 생각 또한 넓어졌다. 아래쪽에 있을 때에는 현재 상황만 크게 보였는데 정상에 올라가 내 삶을 내려다보니 지금까지 내가 이루어 놓은 것, 내 주변의 멋진 친구들, 삶의 여러 가지 요소들 등 모든 것이 한눈에 보였다. 그러자 놀랍게도 고민하던 문제에 대한 새로운 아이디어가 떠올랐다. 높은 곳에 올라 전체적인 그림을 바라보니 해결책이 나타난 것이다.


미국 미시건대학 심리학 교수 마크 버먼은 휴식과 집중력의 상관관계를 밝히는 한 가지 실험을 했다. 그는 성적이 비슷한 학생들을 모아 두 그룹으로 나누고 한쪽은 수목원을, 다른 한쪽은 시내를 걷게 했다. 산책이 끝난 후 두 그룹은 집중력 테스트를 치렀는데 결과는 극명히 갈렸다. 시내를 걸어 다닌 학생들은 숲을 거닌 학생들에 비해 집중력이 떨어졌다. 버먼 교수는 그 이유가 "두뇌는 한계를 가진 기계"이기 때문이라고 말한다. 처리해야 하는 정보와 자극이 많아질수록 뇌는 집중하지 못하며 자기 자신을 제대로 돌볼 생각도 하지 못한다는 것이다.

중요한 것은 균형을 맞추는 것이다. 행복한 삶이란 일하지 않고 놀기만 하는 삶도, 돈을 많이 버는 삶도 아니다. 일이나 인간관계에서 생긴 스트레스를 좋은 자극이자 기회로 활용할 수 있을 만큼 자신의 몸과 마음을 건강하게 돌보는 삶이다. 그러니 일에 시간을 쏟는 만큼 쉬는 데도 시간을 쓰라. 휴식이 없다면 성공도 없다.

# 어떤 여행은 돈만 허비하게 하고, 어떤 여행은 인생을 바꾼다

● ● ●

우리는 어제의 모습대로 계속 살아갈 필요가 없다.
어제의 생각을 벗어 버려라.
그러면 수천 가지의 새로운 생각이 우리를 새로운 삶으로 이끌어 줄 것이다.
― 크리스티안 모르겐슈테른

새해가 되면 우리는 작년과 다른 한 해를 보낼 것을 다짐하며 의욕적으로 긴 '새해 결심' 목록을 작성한다. 가족과 더 많은 시간 보내기부터 저축 금액 늘리기, 다이어트 하기, 새로운 악기 배우기, 정기적으로 운동하기 등 삶을 좀 더 바람직하게 만들어 줄 것 같은 '하기' 목표들을 줄줄이 써 내려간다. 그러나 정말 새로운 삶, 변화된 삶을 살기 위해서 해야 할 일은 따로 있다. 매년 결심하지만 번번이 포기하고 마는 '하지 않기' 목표들을 실행하는 것이다. 담배 끊기, 과음하지 않기, 인스턴트식품 먹지 않기, 충동구매 하지 않기, 화

내지 않기 등 스스로에게 유익하지 않거나 심지어 해롭다고 여겨지는 습관을 버리는 것이다.

오늘이 새해의 첫날이 아니더라도 한번 생각해 보라. 당신을 자꾸만 덫으로 유인하고 죄책감을 유발하는 습관이 있는가? 스스로 통제력을 잃는 순간은 언제인가? 당신이 떨쳐버리고 내려놓고 싶은 것은 무엇인가? 새해 첫날 작성했던 긴 목록 중 당신이 지킨 것은 몇 가지나 되는가?

하루하루 반복되는 생활 속에서는 일상의 관성을 이기기가 어렵다. 우리는 의식하지 못한 채 하지 않기로 했던 일을 반복적으로 수행하고, 그 자책감을 '상황이 그러해서 어쩔 수 없었다'는 자기변명으로 합리화한다. 그렇기 때문에 나쁜 습관을 내려놓기 위한 가장 확실한 방법은 자신을 합리화하는 상황에서 빠져나오는 것이다.

나 역시 일상에서 '하지 않기'를 수행하는 것에 큰 어려움을 겪었다. 여러 번 담배를 끊으려 시도했지만 번번이 실패했고, 채식주의자가 되기로 결정한 사람들을 훌륭하다고 생각했지만 내가 고기를 먹지 않고 사는 것은 불가능할 것이라고 여겼다. 그런 내가 자기합리화에서 벗어나 나를 객관적으로 보고 '하지 않기'를 실행한 것은 세계 여러 나라를 여행한 다음이었다.

여행을 하다 보면 내가 살고 있던 세상이 이토록 아름답고 신비로운 곳이었나 하는 생각을 하게 된다. 사막 한가운데 우뚝 솟은 눈 덮인 킬리만자로, 발이 훤히 보일 정도로 맑고 푸른 인도양, 영화 〈아바타〉의 배경을 그대로 옮겨 놓은 듯한 동남아시아 고산 지대, 20억 년 지구의 모습을 간직하고 있는 광활한 그랜드 캐니언을 보고 있으면 산다는 것이 행복하게 느껴진다.

그러나 한편으로는 인간의 이기심과 고질병 같은 불평등을 새삼 깨닫게 되기도 한다. 세계 곳곳에서 내가 가장 많이 본 벽화는 아무렇게나 휘갈긴 'fuck'이라는 글자였다. 관광지에는 늘 먹다 버린 쓰레기가 꽃다발처럼 놓여 있었고, 가장 아름다운 해변은 고급 리조트나 호텔의 사적인 공간으로 운영되는 일이 비일비재했다. 또 한쪽에는 부가 넘쳐흘러 흥청망청하는데, 한쪽에서는 열 살도 안 된 아이들이 하루 종일 채석장이나 광산에서 일하고 20달러도 안 되는 일당을 받는다. 도시화로 동물들이 살아야 할 곳은 점점 줄어들고 한 번이라도 사람이 발을 들여놓은 곳은 머지않아 개발 예정지가 된다.

나는 사회복지사도 환경운동가도 아니지만 여행을 할수록 뭔가 세상에 도움이 되는 일을 해야겠다는 생각이 들었다. 그 나라의 문제라고만 생각하고 잊어버리는 게 아니라 여행하며 보고 고민했던 것들을 나부터, 아니 나만이라도 실천하고 싶었다. 채식을 하게 된 것도 그런 마음에서였다.

도시를 여행하며 내가 가장 많이 마주친 것은 사람이 아닌 개들이었다. 주인이 달아 준 목줄을 차고 거리 곳곳에서 음식물 쓰레기를 뒤지는 버려진 개들을 볼 때마다 애지중지하다가도 귀찮아지면 가차 없이 돌아서는 사람들을 이해할 수 없었다. 버려진 개들의 운명은 뻔했다. 안락사 되거나, 굶어 죽거나. 새로운 가족을 만나는 일은 거의 없었다. 마침 그즈음 〈FOOD, Inc.〉라는 다큐멘터리 영화를 본 영향도 컸다. 손바닥만 한 닭장에서 기계처럼 알을 낳고 다른 닭들이 목이 잘려 죽는 걸 지켜보면서 다음 차례를 기다리는 닭들을 보니 어제 먹은 치킨버거가 넘어올 것 같았다. 나는 누구보다 고기를 좋아했지만 그것 때문에 다른 생명을 불행하게 만들고 싶지는 않았다. 그래서 채식을 결심했고, 지금까지 하고 있다.

그리고 또 하나 가장 큰 변화는 바로 '담배'를 끊은 것이다. 나는 내가 담배에 중독됐다고는 단 한 번도 생각하지 않았다. 담배는 나에게 한 조각 설탕 같은 존재였다. 설탕이 쓴 커피를 부드럽게 만들어 주는 것처럼 담배는 쓸쓸한 하루를 털어 낼 수 있게 도와주었다. 또 아이디어가 떠오르지 않을 때 담배를 피우면 생각지도 못한 영감이 떠오를 때도 있었다. 물론 시간이 갈수록 아이디어가 떠오르거나 답답함이 풀리는 건 잠깐이었고 심지어는 담배를 피우는 순간뿐이기도 했지만, 바쁜 일상에 이것마저 없으면 가슴이 터져 버릴 것 같았다. 또 끊자고 생각하면 언제든 끊을 수 있다고 생각하기도 했다.

그런데 아프리카를 여행하면서 내가 담배에 중독됐다는 것을 확실하게 깨달았다. 사람들이 사파리를 구경할 때 나는 이렇게 멋진 곳에서 담배나 한 대 피웠으면 하는 생각을 했다. 그리고 숙소에 돌아와서는 미처 챙겨 오지 못한 담배를 사기 위해 위험을 무릅쓰고 혼자 시내에 나갔다. 그러나 잠깐이면 될 거라는 나의 생각은 완전히 잘못된 판단이었고, 현지 가이드는 저녁 식사 시간이 30분이나 지나도록 오지 않는 나를 찾느라 이리 뛰고 저리 뛰었다. 숙소에 돌아와 나 때문에 저녁 식사가 늦어진 것을 알고 얼마나 부끄러웠는지 모른다. 다른 사람에게 휘둘리지 않겠다, 내 생각대로, 내가 원하는 대로 살겠다고 말하면서도 한낱 담배에 연연하고 집착하는 나를 보니 한심스러웠다. 나는 힘들게 사 온 담배를 휴지통에 버렸다. 다음 날 아침 그 휴지통을 흘끔거리며 아쉬운 마음이 들기도 했지만, 창피했던 기억을 떠올리며 마음을 다잡았다. 물론 금연은 쉽지 않았다. 작은 일에도 짜증이 났고 어떤 날은 아무 데도 가고 싶지 않을 정도로 만사가 귀찮았다. 맙소사, 단지 담배를 끊었다는 이유 하나만으로 이 멋진 곳에서 그토록 기분이 나빠질 수 있다니, 스스로가 놀라울 정도였다. 하지만 그래서 더욱 끊어야겠다는 생각이 강해졌다. 집으로 돌아와 매일 아침 편의점에 들를 때마다 갈등하기도 했지만, 삶의 질은 훨씬 나아졌다. 어디를 가도 흡연 구역부터 찾아 놓는 습관이 사라졌고 담배를 피우던 시간에 사람들과 대화를 하거나 음악을 듣는 더 건강한 습관이 생겼다.

습관을 고치기 위해서는 마치 처음 보는 것처럼 자신의 행동을 낯설게 봐야 한다는 말이 있다. 내가 담배에 중독됐다는 것을 담배가 없는 곳에 가서야 알게 된 것처럼, 새로운 환경에 나를 던져 놓아야 무의식중에 내가 하는 행동을 알아차릴 수 있다. 그래서 여행을 자신의 진짜 모습을 볼 수 있는 기회라고 말하는지도 모르겠다.

모든 여행은 잊지 못할 기억을 남긴다. 눈이 시리도록 아름다운 풍경, 친절하거나 혹은 불친절했던 사람들, 아무 걱

정 없이 마음껏 빈둥거린 기억, 사랑하고 행복했던 순간 등
등. 그것만으로도 삶은 충분히 풍요로워질 수 있다. 하지만
정말 좋은 여행은 인생을 바꾼다. 집으로 돌아왔을 때 자신
의 삶이 더 나아지도록 행동하게 하고 나 이외에 다른 사람
을 배려하게 만든다. 그게 세상을 바꿀 정도로 거창한 것은
아니라 해도 우리에게 삶의 기쁨과 용기를 더 많이 일깨워
주는 것은 분명하다.

# 사랑하는 사람과 헤어진 후에 해야 할 일

• • •

슬픔을 소중히 간직하고 돌봐서
그 자체가 절대적으로 중요한 것이 되게 하라.
깊이 애도하는 게 바로 새롭게 사는 것이다.
— 헨리 소로우, 「소로우의 일기」

심리 코치가 되기 전 나는 주로 스트레스를 해소하기 위해 여행을 다녔다. 제대로 쉬기 위해 가능한 모든 부대시설이 완벽하게 구비된 리조트를 물색했고 일상에서는 결코 맛볼 수 없는 짜릿한 경험을 하기 위해 부지런히 블로그를 검색했다. 며칠이라도 호사를 누리며 쉬는 여행. 나는 그것을 위해 아낌없이 돈을 썼다. 그런데 아무리 좋은 곳에 가도 스트레스가 풀리지 않는 날이 오고야 말았다. 해묵은 상처와 풀리지 않는 문제로 가득한 마음은 어디를 가도 우울한 기분을 퍼뜨렸고, 여행에서 돌아올 때마다 시간과 돈을 소비하고 왔다는 생각만 들 뿐이었다. 그때 나는 아무것도 제공하지 않는 수도원에서 침묵을 통해 나와 마주하는 시간을 가졌고 가야 할 길을 정할 수 있었다. 그 후로 여행은 나를 알아 가고 돌보고 성장시키는 일종의 셀프 코칭 시간이었다.

그런데 몇 해 전 이웃집 아주머니 안젤라를 만나면서 여행이 자기 성찰뿐만 아니라 가장 강력한 치유제가 되기도 한다는 것을 새삼 깨닫게 되었다. 그녀는 동네에서 소문난 잉꼬부부였다. 부인은 매일 아침 남편의 셔츠를 다리고 구두를 닦고 음식을 차렸으며 비가 오나 눈이 오나 하루도 빠짐없이 앞마당까지 나와 남편을 배웅했다. 또 남편은 늦게 퇴근하는 법이 없었고, 저녁 시간이나 휴일에는 아내와 함께 장을 보러 가거나 집안일을 도왔다. 나는 몇 년을 이웃으로 사는 동안 두 사람이 다투는 것을 한 번도 보지 못했다. 그 집에서는 아침과 저녁마다 일정한 시각에 음식 냄새가 났고 두 사람은 식사를 하면서 엄청나게 재미있는 이야기를 하는 것 같았다. 그러던 어느 날 그 아주머니의 남편이 세상을 떠나고 말았다. 그녀의 가족은 물론이고 오랜 이웃들은 혹시나 그녀가 상실감을 이기지 못해 나쁜 생각을 하지는 않을까 노심초사하며 수시로 그녀의 집을 들락거렸다. 그러나 그녀는 떠올릴 행복한 기억이 너무 많아서 죽을 때까지 외롭지 않을 거라며 오히려 우리들을 안심시켰다. 그녀의 집에는 여행을 좋아했던 부부가 전 세계를 돌아다니며 모은 기념품들과 사진들이 빼곡하게 전시되어 있었다. 그리고 물건 하나하나를 설명하며 남편과의 추억을 떠올리는 그녀는 그 순간 정말 행복해 보였다. "즐거운 추억이 많은 아이는 삶이 끝나는 날까지 안전할 것"이라는 소설가 도스토옙스키의 말처럼, 행복한 여행의 기억이 그녀를 지켜주는 것 같았다. 그녀는 때로는 딸과 함께, 때로는 혼자 계속 여행을 다니며 나중에 만날 남편에게 들려줄 이야기들을 만들어 가고 있다.

안젤라 아주머니를 만난 뒤에 한 친구가 떠올랐다. 아주머니보다 한 해 먼저 가장 좋아했던 친구를 떠나보낸 나는 마음 한 구석이 늘 아리고 아팠다. 십수 년을 함께한 친구였는데 '또 보자'라는 너무나 평범한 인사가 마지막이었다. 나는 사랑했던 친구의 갑작스런 죽음을 인정하기 싫어서 슬픈 마음을 꽁꽁 묶어 아무 데나 처박아 버렸다. 안젤라 아주머니처럼 행복한 기억을 떠올리며 추억하지도, 그렇다고 제대로 잊지도 못했다. 친구에 대한 그리움과 미안함, 나도 그렇게 갑작스럽게 삶을 마감할 수 있다는 두려움 등등의 복잡한 감정들이 때때로 나를 너무 우울하게 만들었기 때문이다.

인생을 살다가 우리 힘으로 어찌할 수 없는 부득이한 상황에 처하면 사람들은 흔히 아무것도 하지 못한 채 절망에 빠진다. 가까운 누군가의 죽음, 해결책이 보이지 않는 가족 관계의 문제, 예고 없이 찾아온 질병, 갑작스러운 사고 앞에서 우리는 속수무책으로 당할 수밖에 없다. 그리고 자신의 감정과 걱정거리, 상실에 대한 두려움을 직시하지 못한다.

이때 우리가 가장 손쉽게 택하는 방법은 회피다. 더 이상 손을 쓸 수 없는 결정적인 상태에 이르렀다고 생각되면 모든 것을 놔 버린 채 문제를 회피하며 차라리 떠올리지 않는 게 마음 편하다고 느낀다. 하지만 그렇게 되면 우리는 해결되지 않은 문제로 더 큰 아픔을 겪게 되고 더 이상 극복할 방법을 찾지 못한다. 또 스스로가 문제를 외면하는 나약한 존재라는 자괴감 때문에 더욱더 불행해진다.

독일의 심리학자이자 트라우마 전문가인 게오르크 피퍼는 비극적인 사건 때문에 삶이 엉망으로 꼬인 사람들의 마음을 '쏟아진 옷장'에 비유한다. 그는 옷장이 쏟아지면 사람들은 마치 자기 속내를 다 들킨 것 같은 민망함에 서둘러 물건을 쑤셔 넣은 뒤 문을 닫아 버린다고 말한다. 그러나 마구 쑤셔 넣은 옷가지들 때문에 옷장 문은 닫히지 않고 물건들은 계속 바닥으로 쏟아지는 악순환이 이어진다. 그때는 힘들더라도 옷장 문을 활짝 열고 물건을 모조리 꺼내야 한다. 그리고 버릴 옷은 수거함에 분리한 뒤에 셔츠는 셔츠끼리, 양말은 양말끼리 잘 개어서 차곡차곡 정리해야 다시 문이 열리더라도 옷이 쏟아지지 않는다. 현실을 외면하지 않고 직접 마주해야 슬픔으로부터 벗어날 수 있는 것이다.

안젤라 아주머니를 만난 후 친구와 마지막으로 함께했던 여행 사진을 꺼내 보았다. 당시 우리는 언젠가 고향을 떠나 한 달쯤 살아보고 싶은 도시를 물색 중이었고 그 후보지 가운데 하나가 인도였다.

그렇게 떠나게 된 우리의 인도 여행은 '받아들임' 그 자체였다. 뉴델리 기차역에서 바라나시행 기차표를 끊는 데만 두 시간이 걸렸고 저녁 8시 조금 넘어 출발한다는 기차는 새벽 4시가 되도록 오지 않았다. 우리는 티켓을 사는 동안 열차가 출발한 건 아닐까 조마조마해하며 플랫폼에 있던 인도인에게 거의 울 것 같은 표정으로 도움을 요청했다. 그런데 그는 태평하게 "때 되면 올 거다"라고 말할 뿐이었다. 마치 '인도에서 참 이상한 걸 바라네' 하는 표정이었다. 우리는 무안해하며 다시 바닥에 쭈그리고 앉았다. 그리고 마침내 올 때가 돼서 나타난 기차를 타고 가다 서다를 반복하며, 장장 26시간 만에 바라나시에 도착했다. 그 후로 인도를 여행하는 내내 출발 시간, 약속 시간은 아무런 의미가 없었다. 우리는 식당에서 주문한 음식이 나올 때까지 1시간 반을 기다렸고 호텔에서 주선해 준 가이드를 만나기 위해 또 40분을 기다렸다. 인도의 시간 개념을 받아들이지 않았다면 여행은 수도 없이 끝장났을 것이다. 또 그 친구가 없었다면 나는 벌써 공항으로 도망쳤을 것이다. 그녀는 나보다 훨씬 더 받아들임이 빨랐다. 자꾸 시계를 쳐다보는 내 등을 두드리며 '카트린, 여긴 인도야' 하고 웃었고, 갠지스 강에 몸을 담그면 현생의 죄를 모두 씻어 내고 다음 생을 편히 살 수 있다는 말을 듣고는, 나의 만류에도 불구하고 보트 밖으로 손을 뻗어 갠지스 강에 손을 담근 모험심 강한 여자이기도 했다. 나는 그녀와의 추억을 하나하나 소중하게 되새기며 그녀가 바라나시에서처럼 느긋하게 다음 생을 준비하고 있을 거라고 믿었다. 그리고 그녀 덕분에 혼자 인도를 다시 찾아갈 생각을 할 수 있었다.

불교에는 이런 말이 있다고 한다. "우리는 죽기 위해 태어나고, 잃어버리기 위해 소유하며, 떠나보내기 위해 만난다." 어쩌면 여행은 그 사실을 생생하게 깨닫는 시간이 아닐까 싶다. 수많은 만남과 헤어짐이 반복되는 것이 바로 여행이니까 말이다. 친절한 숙박집 주인도, 길에서 우연히 친구가 된 사람도 여행이 끝날 때쯤이면 각자의 집으로 돌아간다. 여행자에게 정이 들었으니 떠나지 말라고 붙잡는 사람은 없다. 각자 가야 할 길이 있다는 걸 알기 때문에 아쉬워도 응원하며 헤어진다. 우리가 할 수 있는 일은 함께하는 순간의 행복에 더 집중하며 사는 것뿐이다.

# 함께 사랑하고, 각자 여행하라

● ● ●

제아무리 열정적인 사랑이라도
가끔씩 떨어져 있으면서 새롭게 할 필요가 있다.
– 새뮤얼 존슨

누군가와 여러 순간을 함께하고 삶을 공유하는 것은 멋진 일이다. 이것은 그 사람의 발전과 개인적인 성공에 동참하고, 그 사람의 개별적인 인생 여행에 동반자가 되는 것을 의미한다. 독일의 심리학자이자 작가인 바스 카스트는 실험을 통해 타인과의 애착 관계가 사람들을 행복하게 만들어 준다는 것을 밝혀냈다. 애착 관계가 일차적으로는 사람들의 자유를 제한하지만 다른 한편으로는 소속감을 통해 사람들을 보다 행복하게 해 준다는 것이다. 문제는 소속감을 가진 상태에서 개인과 개인이 '적당한 거리'를 유지하는 일이 너무나 어렵다는 것이다.

　많은 경우 이성과 사랑에 빠지고 나면 "나는 곧 너고, 너는 곧 나야. 그러니까 너는 내 곁에 있어야 해"라며 상대방을 소유하려고 한다. 함께 있어야 사랑이라고 생각하는 것이다. 그러나 유감스럽게도 함께 있는 것은 사랑을 증명해 주지 않는다. 우리 주변에는 날마다 같은 공간에 있으면서도 내면적으로는 한없이 멀리 떨어져 있는 사람들이 너무나 많다. 당신도 이런 경험을 해 본 적이 있는가? 이 때문에 어려움을 겪은 적은? 아무리 사랑하는 사람이라고 해도 상대가 너무나 당연하다는 듯이 이런 요구를 해 오면 대부분의 사람들은 더 이상 매력을 느끼지 못한다. 섹시하고 남자다웠던 사람이 휴대폰 통화 기록을 일일이 검사하며 사사건건 개입하는데 누가 매력을 느낄 수 있겠는가.

　독수리가 좋다고 마당에 매어 놓으면 더 이상 하늘을 힘차게 날아오르는 모습은 볼 수 없다. 또 가까이에서 보고 싶은 마음에 나비를 맨손으로 잡으려 하다가는 자칫 나비를 짓눌러 버릴 수 있다. 독수리를 묶어놓거나 나비를 맨손으로 잡는 순간, 우리가 방금 전까지만 해도 독수리와 나비에게서 느꼈던 자유로움과 아름다움이라는 성질은 변질되어 버리고 마는 것이다.

사람과의 관계도 마찬가지다. 내 욕심만 생각하고 상대를 내 마음대로 하려고 하는 순간, 사랑은 집착으로 변해 상대를 힘들게 만들 수 있다. 그래서 인간관계에서도 사랑하는 것보다 '놓아주기'가 더 중요하다.

놓아주기란 우리가 무언가에 집착하는 것을 중단하는 걸 의미한다. 상대에게 매달리고 집착하는 것은 덫에 빠져드는 것과 다름없다. 집착하면 할수록 자신이 무기력하게 느껴지고, 우울해질 수 있으며, 불안장애가 생기거나, 육체적인 질환이 발생할 수도 있다. 이런 집착에서 벗어나기 위해서는 상대에 대한 지나치게 높은 기대를 내려놓는 것이 중요하다. 끊임없이 상대가 나에게 맞춰 변화하기만을 요구한다면 관계는 깨질 수밖에 없다.

대부분의 사람들은 사랑하는 사람과의 관계에서 무엇인가를 포기하는 것을 새롭게 시작하는 것보다 더 어려워한다. 그러나 서로에게 자유 시간을 주는 것을 사랑을 포기하는 것이라고 생각하지 말고 다른 것으로 채워간다고 생각하라. 다른 사람들과 어울리고 혼자만의 취미를 가짐으로써 다른 행복과 에너지로 스스로의 마음을 채우는 것이다. 그런 경험이 많아지면 집착하는 마음이 점점 줄어들게 된다. 이 과정에서 엄청난 모순이 발생하는데, 그것은 바로 상대를 놓아주기 위해 자립심을 가질수록 상대와의 관계가 더 돈독해지고 행복해진다는 것이다.

단, '서로에게 자유를 선물하는' 것이 서로를 배신해도 된 다는 허가로 변질되어서는 안 된다! 내가 당신에게 이 글을 통해 전하고자 하는 메시지는 결코 상대방을 배신하라는 것 이 아니다. 나는 사랑하는 사람에 대한 신뢰와 자유가 서로 상반되는 것이라고 생각하지 않는다. 신뢰가 있기 때문에 서로에게 자유를 줄 수 있는 것이다.

그럼에도 불구하고 놓아주는 게 불안하다면 다음과 같은 만고불변의 진리를 기억하기 바란다. 배신할 사람은 언제고 배신하기 마련이다. 매일같이 함께 있어도 사람의 마음까지 단속할 수는 없는 법이니까.

그러나 많은 사람들이 사랑을 시작하면 혼자서 자신의 길 을 가기보다는 조력자 신드롬(Helper syndrome)에 가까운 자기 헌신을 한다. 독일의 심리 치료사 우베 뵈셰마이어는 저서『우리가 바라는 대로 우리 자신을 만들어 가는 방법』 에서 사람들의 다양한 성격 유형에 대해 상세하게 설명하고 있다. 그중에서도 위에서 언급한 '조력자' 유형에 해당하는 이들은 인생이라는 길을 함께 걷는 사람들이 어려움을 겪으 면 자신을 희생해서라도 도우려고 한다. 그러나 도움을 받

은 사람이 자신에게 감사하기를 기대하기 때문에 늘 타인을
의식하고 '오늘 자신이 좋은 인상을 주었는지' 매일 밤 불안
해한다. 또한 자신의 욕구보다는 동반자들에게 지나치게 집
중하기 때문에 자신의 길을 소홀히 여기며 상대에게 집착할
수 있다. 그래서 자기만의 길을 가겠다고 하는 사람보다 오
히려 더 이기적인 모습을 보일 때가 많다. 자신이 희생하는
만큼 상대에게도 똑같은 희생을 기대하기 때문이다. 그러나
사랑은 헌신과 희생으로 유지할 수 있는 것이 아니다.

　사랑을 오래 이어가고 싶다면 함께하는 삶에도 자유가 있
어야 한다. 각자의 관심 분야와 목표를 추구할 자유, 모험심
을 실현할 자유, 자신의 욕구를 펼쳐 나갈 시간을 스스로에
게 할애할 수 있어야 한다. 이런 자유를 서로가 함께 누리기
위해서는 상대는 물론 자기 자신의 성향과 생활 방식을 제
대로 파악하는 것이 중요하다.

　그리고 자신의 성향과 생활 방식을 가장 잘 알 수 있는 것
이 바로 여행이다. 가끔씩 홀로 여행을 떠나보면 자신이 현
재 어떤 기분인지, 어떤 상태에 있는지 정확하게 알게 된다.
혼자서 여행을 하는 동안에는 복잡한 감정에서 완전히 벗어
나 마치 갓 태어난 아기와 같은 상태가 된다. 그래서 아무것
에도 매여 있지 않은 자유로운 상태에서 자신의 변덕스러운

기분과 불합리한 언동에 대해 되짚어볼 수도 있다. 또한 홀로 여행을 하는 동안 자신이 어떤 욕구를 갖고 있는지 감지해 보는 것도 의미 있는 일이다. 또한 갈등이 생길까 봐 마음속에 숨겨 두었던 욕구를 발견하게 되기도 하고 상대의 사소한 단점에 화내는 대신 그가 가진 좋은 점들에 시선을 돌려 볼 수도 있다.

이렇게 홀로 여행을 떠나 의미 있는 시간을 보낸 후 사랑하는 사람과 이야기를 나누어 보라. 마트에서 무엇을 살지, 타이어 교체 날짜가 언제인지가 대화의 전부였던 때와는 달리 다양하고 새로운 주제로 대화를 나눌 수 있을 것이다. 그리고 이러한 자립적인 태도는 당신이 현재 몇 살이건 상관없이 당신의 사랑을 젊게 유지시켜 줄 것이다.

# 중세 영국의 귀족들이 로마로 달려간 이유

• • •

우리가 이해할 수 있는 것은 단지 지나간 삶뿐이다.
우리 앞에 놓여 있는 삶은 이해하려 들지 말고 그저 살아내야 한다.
– 쇠렌 키에르케고르

미국의 괴짜 여행 작가 빌 브라이슨은 여행을 할 때마다 다섯 살짜리 아이가 된 것 같다고 말한다. "마치 삶 전체가 예측할 수 없는 모험의 세계로 빠져들어 가는 것 같은" 기분 이라는 것이다. 나 역시 브라이슨처럼 어린 아이의 마음으로 흥미진진한 모험의 세계에 빠진 여행자였다. 다만 한 가지 다른 것은 여행을 통해 내 인생에 절실했던 조언을 들을 수 있었다는 것이다.

처음 로마를 여행할 때 나는 잔뜩 기대에 부풀어 있었다.

내 머릿속에는 영화 〈로마의 휴일〉과 〈벤허〉, 『그리스 로마 신화』가 어우러진 신비로운 세계가 펼쳐져 있었고, 다비드 조각상을 연상시키는 멋진 남자와 우연한 만남을 갖게 될지도 모른다는 상상을 하기도 했다. 그러나 로마 테르미니역에 내려 처음 만난 남자는 조각상 같은 외모와 매력적인 목소리를 가졌지만 내 지갑을 가져갔고, 1시간 넘게 줄을 선 끝에 들어간 콜로세움은 곳곳을 천막으로 가린 채 보수 공사 중이었다. 게다가 이튿날부터 떠나기 전날까지 내내 비가 내렸다. 고백하자면, 나는 도착한 지 하루 만에 '로마는 별로다'라고 생각하게 됐다. 그러나 지갑을 잃어버렸다고 호들갑을 떠는 나를 진정시키고 카드 회사에 일일이 전화를 걸 수 있도록 도와준 호텔 직원과 타이어 바람이 새는 줄도 모르고 신 나게 자전거를 타는 나를 불러 세워 구멍을 메워 주고 기름칠까지 해 준 자전거포 할아버지를 만나면서 다시 로마에 대한 호기심과 애정이 생겨나기 시작했다.

한 번 불운한 일이 있었다고 해서 인생이 끝나는 건 아니라는 것을 나는 여행을 통해 배웠다. 계획은 어그러지고 불운한 일이 겹쳐 신세를 한탄하려고 할 때마다 언제나 더 좋은 기회가 슬그머니 고개를 내밀었다. 길을 잃으면 길을 찾아주는 사람을 만났고 발을 다치면 걸을 수 있게 붙들어 주는 사람을 만났다. 그래서 집으로 돌아와서도 실패했다고 느낄 때마다 완전히 절망하지 않을 수 있었다. 아프리카나 아시아 또는 남미처럼 언어가 다른 곳을 여행할 때는 말이 아닌 눈빛으로, 마음으로 대화하는 법을 배웠고, '세비야 골목길에서 팔던 그 찻잔을 샀어야 했는데…' 하는 후회가 몰려올 때는 원하는 게 있다면 우물쭈물하며 망설이지 말자는 다짐을 한다.

그리고 그럴 때마다 이런 생각을 한다. 자신을 찾아가는 과정이 왜 그토록 따분해야 하는가? 왜 자신을 찾기 위해 난해한 워크숍에 참가해 에세이를 써야 하고 한 번 만날 때마다 10만 원이나 되는 돈을 내가며 심리 치료사를 찾아야 하는가. 나는 정말 심각한 문제가 아니라면 그럴 필요가 없다고 말하고 싶다. 여행으로 얻을 수 있는 경험이 그 모든 프로그램들을 압도하기 때문이다.

대학원 시절, 한 지역의 문화 센터에서 주최하는 심리 치유 프로그램에 진행 요원으로 참가한 적이 있다. 10명 정도의 사람들이 모여 치료사의 안내에 따라 명상과 요가를 하고 서로의 이야기를 들려주는 시간을 가졌다. 아픔을 공유함으로써 상처의 무게를 줄이고 위로받는 느낌을 갖게 하려는 목적이었겠지만, 처음 만난 사람들이 3일 동안 진심을 주고받는 일은 쉽지 않았다. 그들은 돌아갈 때 혹시나 자기 얘기가 밖으로 흘러 나가지는 않을까, 사람들이 자신을 불쌍하게 보는 것은 아닐까 하는 걱정을 안고 돌아갔다.

누군가가 나를 치료해 줄 수 있다면 그건 눈에 보이는 상처뿐일 것이다. 또 다른 사람이 나에게 하는 조언은 그걸 내가 직접 부딪혀 겪어 내며 깨닫기 전에는 쓸데없는 걱정에 불과하다. 뜨거운 물에 자꾸만 가까이 가려는 아이를 보호하는 방법은 다치지 않을 정도의 뜨거운 물을 손등에 살짝 찍어 주는 일인 것처럼 인생에 가장 좋은 공부는 직접 경험하는 것이다.

17, 18세기 영국의 상류층 자제들에게는 귀족 사회에 입문하기 전 반드시 다녀와야 하는 여행이 있었다. '그랜드 투어'라고 불린 이 여행은 영국에서 시작해 파리, 로마, 피렌체, 나폴리, 폼페이를 거쳐 인스부르크, 베를린, 뮌헨, 암스테르담을 방문하고 돌아오는 코스였다. 짧게는 몇 개월에서 길게는 몇 년이 걸릴 정도로 엄청난 시간과 비용이 투자되는 여행이었으나 귀족들은 너도나도 자식들을 떠나보냈다. 그랜드 투어를 하지 않으면 세계의 정치와 사회, 경제를 말할 자격이 없다는 것이 상식처럼 여겨졌기 때문이다. 그래서 당시 영국의 젊은 후계자들은 가정 교사와 하인과 통역

관까지 실은 대규모 마차 부대를 이끌고 전 유럽을 떠돌며 새로운 문화를 몸소 체험했다. 사교계의 중심이었던 파리에서는 귀족 사회의 예법과 언어를 배우고, 로마와 나폴리, 폼페이에서는 고대 그리스 로마의 역사를 공부했으며, 피렌체에서는 문화와 예술을 익혔다. 이후 철도가 대중화되면서 그랜드 투어는 점차 사라졌지만, 나는 '세계를 여행하며 세상을 직접 배워야 한다'는 가치는 지금까지 계속 이어져 오고 있다고 생각한다.

여행에 관한 수많은 책이 출간됐고, 〈하늘에서 본 세계〉부터 생존 전문가 베어 그릴스의 〈맨 VS. 와일드〉까지 TV 프로그램의 절반 이상이 '여행'이라는 주제를 다루고 있지만 여전히 많은 여행자들이 세계를 떠돌고 있는 것이 그 증거다.

사실 한 도시의 역사에 대해 깊이 알자면 도서관에서 며칠 동안 책을 읽는 것이 더 나을 것이다. 책에는 그 도시의 정치적 상황과 경제력, 유명 건축물, 전통 문화와 음식 등등이 깔끔하게 정리되어 있으니까 말이다. 하지만 책으로는 그곳을 '알' 수는 있지만 '느낄' 수는 없다. 어떤 사람의 얼굴을 아는 것과 친구가 되는 것은 엄연히 다르듯이, 그 도시의 정보를 아는 것과 사람들과 교류하고, 땅과 자연이 내뿜는 기운을 온몸으로 느끼며 체험하는 것은 하늘과 땅 차이다. 그 도시를 제대로 알려면 도시 곳곳에 퍼져 있는 기쁨과 슬픔을 직접 느껴야 하는 것이다. 그리고 여행은 새로운 것을 보는 것만이 아니라 떠나기 위해 준비하고 먹고 자고 이동하는 모든 것들을 포함한다. 헬리콥터를 타고 히말라야에 오르는 것이 아무런 의미가 없는 것처럼, 더위와 바람과 추위를 모두 견디며 처음부터 끝까지 직접 체험해야만 인생에 무언가를 남기는 여행을 할 수가 있다.

"우리가 죽음을 통해 배우는 것은 죽음이 아니라 삶"이라는 톨스토이의 말처럼 여행을 통해 알게 되는 것은 삶의 터전을 단단하게 가꿔 나가는 방법이다. 그 방법을 직접 깨달을 수 있는 여행을 하게 되길 바란다.

## Chapter 4

# 혼자 떠나기 전에 알아야 할 8가지 여행의 기술

# 백 퍼센트 만족할 수 있는 여행이란?

● ● ●

여행할 목적지가 있다는 것은 좋은 일이다.
그러나 중요한 것은 여행 자체다.
— 어슐러 르 귄

시간만 나면 홀로 여행을 떠나는 나에게 사람들이 가장 많이 묻는 질문 중 하나는 혼자 여행하기에 가장 좋은 여행지가 어디냐는 것이다. 그들 중 대부분이 어디로 가야 할지 모르겠으니 여행지를 추천해 달라고 요청한다.

나는 삶의 다른 문제와 마찬가지로 여행지 역시 자신의 기본적인 성향을 고려하여 선택하는 것이 좋다고 생각한다. 모든 사람들은 자신만의 독특한 취향과 자질을 가지고 있다. 사람에 따라 기본 체력도 다르고 잘하는 것과 못하는 것, 좋아하는 것과 싫어하는 것도 모두 다르다. 그렇기 때문에

'남들에게 좋았으니까 나에게도 좋겠지'하며 무턱대고 추천 여행지로 떠나서는 안 된다. 여행지로 떠나기 전에 우리는 이 여행이 우리 자신의 성향에 맞는 것인지 충분히 고려해 봐야 한다.

그러나 이에 대해 진지하게 생각해 본 적이 없는 사람들은 어디서부터 시작해야 할지 몰라 우왕좌왕한다. 어떤 여행지와 어떤 여행 스타일에 끌리는지 감조차 잡지 못하는 사람들에게 나는 메타프로그램(Meta program)의 도움을 받을 것을 추천한다. 메타프로그램으로 자신의 성향을 파악하고 그에 따라 여행지를 선택하면 한결 만족스러운 여행을 할 수 있기 때문이다.

메타프로그램은 각 개인이 지닌 고유한 생각과 행동 패턴의 토대를 뜻하는 말로 신경 언어 프로그래밍 전문가인 레슬리 캐메런 밴들러에 의해 연구 개발되었다. 밴들러에 따르면 사람들은 고유의 필터를 사용하여 세상을 받아들이는데, 이 필터에 따라 개인의 성향도 결정된다고 한다. 예를 들어 사물이 같은 것과 다른 것에 대해 그 사람이 느끼는 감정을 기준으로 하는 '변화' 필터를 사용할 경우에 사물이 항상 같은 상태인 것을 선호하는 사람은 '동일성 중시형', 사물이 시간을 들여 천천히 변화하는 것을 선호하는 사람은 '진전

중시형', 극적인 변화를 추구하는 사람은 '상이 중시형'의 메타프로그램을 가지고 있다고 볼 수 있다. 모든 개인은 고유의 메타프로그램을 보유하고 있으며, 메타프로그램에 따라 매사를 판단하고 생활한다. 그러므로 메타프로그램에 대해 알게 되면 자신과 자신의 행동 방식에 대해 보다 잘 이해할 수 있을 것이다.

초기에는 메타프로그램 패턴의 수가 약 60여 개에 달했지만 쉘 로즈 샤르베가 자신의 책 『생각을 바꾸는 단어(Words that Change Minds)』에서 14개의 필터와 36개의 메타프로그램 패턴으로 정리한 것이 전 세계로 확산되어 표준으로 사용되고 있다. 나는 그중에서 '주체성', '판단 기준', '선택 이유' 필터가 여행 스타일을 결정하는 데 도움이 된다고 보고 여기서 이 세 가지 필터에 따른 여섯 개의 메타프로그램에 대해 설명하고자 한다.

먼저 '주체성' 필터에 따른 메타프로그램을 살펴보자. 주체성 필터는 솔선해서 행동하는 타입인지 아니면 타인에게 맞춰서 행동하는 타입인지에 따라 '능동형'과 '수동형' 메타프로그램으로 분류한다. 능동형 메타프로그램을 지닌 사람들은 자발적으로 주도권을 잡는다. 이들은 많이 고민하지 않고 행동하며, 정황을 정확히 분석하지 않은 상태에서 돌진하는 경향이 있다. 또한 해야 할 일을 미루기 싫어하기 때문에 '지금 당장'이라는 말을 자주 사용한다. 반면 수동적인 사람들은 행동에 앞서 상황을 완전히 이해하고 검토하고 싶어 하고, 상황이 무르익을 때까지 행동을 미룬다. 이들은 본인이 주도권을 잡기보다는 타인이 주도권을 잡을 때까지 기다리는 편이라 극단적인 경우에는 상황 분석에 지나치게 집착한 나머지 행동에 나서지 않고 한없이 분석만 할 때도 있다. 이 성향의 사람들은 '~라면', '~일지도 모른다'는 말을 자주 사용하며 분석적인 일에 적합하다.

두 번째 '판단 기준' 필터는 동기 부여의 기준이 자기 내면에 있는지, 아니면 외부에 있는지를 보는 척도이다. 자기 내면의 기준에 따라 의욕이 끓어오르는 사람은 '내적 기준형', 외부로부터의 피드백이 중요한 사람은 '외적 기준형'으로 구분한다. 내적 기준형 메타프로그램을 가진 사람들은 자신의 내적 가치에 의해 동기를 부여받는다. 이들은 자신이 수행한 일의 성패를 스스로 평가하며, 타인의 의견을 수용하거나 타인의 지시를 받는 것을 힘들어한다. '스스로 정해 주세요'라든가, '어떻게 생각하십니까?'와 같이 자신이 판단의 주체가 되는 말을 좋아한다. 반대로 외적 기준형 메타프로그램을 가진 사람들은 타인의 평가로 자신의 성과를 판단하거나 자기 평가를 하는 사람들이다. 이들은 외부로부터 피드백을 받지 못하는 일을 하는 것을 힘들어한다. 이들이 지속적으로 동기를 유지하기 위해서는 타인의 의견과 외부의 지시가 필요하다. 또한 유행에 민감하며 '주변 사람들의 평가가 좋습니다', '모두에게 주목받고 있어요'와 같이 외부의 긍정적인 평가에 연연하고 전문가의 의견을 신뢰한다.

마지막으로 '선택 이유' 필터는 그 사람이 선택에 있어서 중요하게 여기는 것이 다른 대안을 찾을 가능성의 유무인지, 아니면 기존의 절차를 준수하는 것인지를 구분한다. '옵션형' 메타프로그램을 지닌 사람들은 새로운 아이디어와 무언가를 새로운 방식으로 수행할 가능성에 매력을 느낀다. 이들은 항상 무언가를 이행할 더욱 좋은 방법이 존재한다고 믿고, 기존의 방식을 바꾸거나 새로운 시스템을 만드는 일에 의욕을 불사른다. 새로운 아이디어와 프로젝트를 개발하기를 좋아하지만 이를 끝까지 완수하고자 하는 욕구는 크게 느끼지 않는다.

'프로세스형' 메타프로그램을 지닌 사람들은 정해져 있는 절차를 준수하기를 좋아한다. 이들은 무언가를 수행할 '올바른' 길이 있다고 믿으며, 어떻게 해야 하는지를 고민하다가 자신이 준수할 수 있는 절차를 접하면 이를 반복적으로 적용하려 한다. 프로세스형에 해당하는 사람들은 하나의 절차를 시작하면 이 절차를 끝까지 수행하는 것을 중요하게 여기기 때문에 일단 무언가를 시작하면 이를 끝까지 완수하려 한다. 이들은 순서가 나타나 있지 않으면 당황하고 규정에서 벗어나는 것을 싫어하는 경향이 있다.

사람에 따라 좀 더 강하게 또는 약하게 드러날 뿐, 우리 내면에는 각 필터에 따른 여러 개의 메타프로그램이 자리 잡고 있다. 어떤 사람은 능동형이면서 내적 기준형일 수도 있고, 또 어떤 사람은 외적 기준형이면서 프로세스형일 수도 있다. 이제 당신은 메타프로그램이 일상 속에서 당신의 사고방식에 어떻게 영향을 미치는지 알 수 있을 것이다. 자신이 어떤 타입인지, 어느 유형에 속하는지 알았다면 그 성향에 따라 여행 일정을 짜면 된다. 전체적인 여행의 색깔이 자신의 근본적인 성향에 상응하게끔 만들어 보길 바란다.

**능동적 여행**: 능동형 사람들은 분석보다 행동으로 경험하는 것을 선호하기 때문에 사전에 많은 계획을 짜는 것을 피곤하게 느낄 수도 있다. 이들은 여행지에 대해 충분히 숙지하고 많은 정보를 조사하는 대신 직접 가서 몸으로 부딪히고 자신만의 것을 발견하는 여행을 선호한다. 능동형 사람

들은 갑작스럽게 떠나는 여행도 즐겁게 받아들이며, 스스로 주도권을 가지고 여행을 끌어갈 수 있는 자유 여행이 어울린다. 또, 능동형 유형의 사람들은 새로운 것을 시도하거나 발견하기를 좋아하기 때문에 일상에서 할 수 없었던 경험을 하는 여행에 큰 만족을 느낀다. 현재 내 주위의 능동형 사람들 사이에서는 철인 3종 경기 트레이닝 코스가 포함된 여행 프로그램이 무척 인기가 있다. 멋진 오토바이를 대여하여 험한 지역을 다녀오는 프로그램도 인기가 급상승하고 있다. 남미에서 오토바이를 타고 모험하는 여행이나 킬리만자로를 등반하는 여행이 큰 만족을 줄 것이다.

수동적 여행 : 타인이 주도권을 잡고 이끌어 주기를 원하는 수동형들은 미리 일정이 짜인 여행을 선호하는 편이다. 이들에게는 패키지여행이 적합하나, 혼자 패키지여행을 가는 경우 2인 1실의 방 사용 문제라든지 여러 가지 문제가 감점 요인으로 작용할 수 있다. 이 유형의 사람들이 혼자 여행을 할 때는 패키지여행에 일정 전체를 맡기지 말고, 자유여행을 떠나 중간 중간 현지 투어를 하는 것이 좋다. 전체적으로 속도가 빠른 대도시보다는 천천히 반응해도 문제가 없는 여유로운 소도시 여행을 하거나, 자동차를 타고 영국 남부 지방을 횡단하면서 미리 예약해 놓은 아담한 민박집에 묵고

현지인들이 추천해 주는 코스로 여행하는 것이 최적의 여행이 될 수도 있다.

**능동적이면서 수동적인 여행** : 때로는 두 가지를 적당한 비율로 섞는 것이 더 매력적일 것이다. 이 경우 크루즈 여행을 하는 것도 좋은 방법이다. 크루즈 여행의 경우 선상에서의 일정은 정해져 있고, 항구 정박 기간에는 육지에 내려가 새롭고 흥미로운 체험을 할 수 있기 때문에 두 유형 모두를 만족시킬 수 있다.

**내적 기준형 여행** : 내적 기준형은 자신만의 생각과 관심거리로 머릿속이 가득 차 있다. 그래서 시간과 여유가 생기면 자신만의 세계로 침잠하기를 즐기며, 혼자서 조용히 쉬는 것을 좋아한다. 나의 지인 가운데 대부분의 CEO와 커리어 우먼들은 1년에 한 번씩 수도원이나 고급 호텔에서 자신만의 시간을 보낸다. 생태계의 균형을 중시하는 생각에 관심이 있다면 인도의 라 고메라로 요가 리트리트(인도 등지에서 단기간 체류하며 요가와 명상을 배우고 오는 여행 프로그램으로 현재 뉴욕에서 성행하고 있음-역주)를 다녀오는 것도 권할 만하다.

**외적 기준형 여행** : 주변 사람들에게 영향을 많이 받는 외적 기준형에게는 사람들 속으로 들어가는 여행이 즐거움을 준다. 호스텔에 머무르며 많은 사람들과 이야기하고, 의견

을 나누고, 친구를 사귀어라. 그것이 당신을 기쁘게 해 줄 것이다! 바르셀로나로 가서 좋아하는 밴드의 콘서트에 다녀오거나 동기 유발 트레이너의 세미나가 열리는 뉴욕으로 가서 5,000여 명의 참가자들과 함께 열광해 보는 것은 어떤가? 외적 기준형 메타프로그램을 지닌 당신에게는 이런 여행이 어울린다.

옵션형 여행 : 휴가 동안 다양한 체험을 하면 힘이 샘솟는가? 여행을 할 때마다 새로운 곳으로 가 보고 싶고, 색다른 것에 도전해 보고 싶다면 이집트로 여행을 떠나는 것을 추천한다. 이집트에서는 피라미드와 스핑크스를 보며 찬란했던 이집트 고대 문명을 느낄 수 있고, 사하라 사막 투어도 가능하며, 홍해에서 스쿠버 다이빙도 가능하다. 꼭 이집트가 아니어도 된다. 옵션형 사람들에게 중요한 것은 문화, 야외 활동, 스포츠와 오락을 하나로 묶어 즐기는 것이다!

프로세스형 여행 : 시작이 분명하고 무언가를 이수했다는 의미를 주며 끝이 나는 여행을 하고 싶은가? 그렇다면 여행지에서 새로운 기술을 배워 보는 것을 추천한다. 단 것을 좋아한다면 런던에서 진행되는 컵케이크 제빵 수업에 참가해 보는 것이 좋고, 아시아 음식을 좋아한다면 태국에서 쿠킹 클래스에 참가하는 것도 좋을 것이다. 또는 다른 도시에 가

서 마라톤에 참가하거나 관심 있는 분야의 박람회에 가는 것도 추천할 만하다. 만약 여행 일정이 충분하다면 어학증명서를 발급받을 수 있는 단기 어학연수를 다녀오는 것도 좋은 방법이다.

메타프로그램을 통해 나는 내 사고 체계와 생활 리듬이 어떤 유형인지 파악하고, 내게 가장 적합한 여행 스타일을 찾아내었다. 나는 새로운 시도를 하고 아이디어를 구상하기 위해 창의적인 생각이 필요해지면 주저하지 않고 길을 떠난다는 점에서는 능동형 여행자이고, 나의 내면과 이 세상에 존재하는 새로운 세계를 발견하는 것을 즐긴다는 점에서 내적 기준형 여행자이다.

다른 여행도 마찬가지지만, 특히 혼자 여행할 때는 자신을 만족시키는 것이 중요하다. '죽기 전에 꼭 가 봐야 할 여행지 100' 같은 리스트는 언제나 매력적이지만 남들이 좋다고 해서 나한테 꼭 좋으리라는 법은 없다. 그러니 자신이 어떤 성향인지 파악하고 자신이 가장 즐거울 수 있는 곳으로 떠나라. 그리고 설령 여행지를 선택하는 것에 어려움을 겪더라도 포기하지 마라. 그것도 역시 자신을 찾아가는 여정 가운데 하나일 뿐이니까.

# 인생을 변화시키는 7년 주기 여행법

● ● ●

여행을 마치고 돌아와서 곤란한 점은
다시는 그와 같은 경험을 절대 할 수 없다는 것이다.
– 마이클 폴린

사람들이 여행을 갈망하는 가장 큰 이유 중 하나는 여행이 주는 새로운 자극 때문일 것이다. 언제, 어디로 떠나든 여행은 늘 우리에게 새로운 것을 보여 주고 생각의 확장을 경험하게 한다. 많은 사람들이 신체가 건강하고 삶의 가능성이 무궁무진한 20대에, 또는 삶을 열심히 살아 낸 뒤 여유를 즐길 수 있는 환경을 갖춘 60대에 여행을 해야 한다고 말한다. 그러나 나는 그렇게 생각하지 않는다. 나는 여행이 인생의 한 시기에 국한되어서는 안 된다고 생각한다. 우리는 늘 새로운 세계를 배울 준비를 해야 하고, 삶의 어느 시점에서도 성장하는 것을 멈추어서는 안 된다. 20대, 60대에 여행을 가야 할 이유가 있는 것처럼 삶의 매 시기마다 여행을 떠나야 하는 타당한 이유가 있다고 믿는다.

이 생각에 타당성을 뒷받침을 해 줄 이론이 하나 있다. 바로 '7년 주기 이론'이다. 오스트리아 철학자이자 인지학의 대가인 루돌프 슈타이너 박사는 인간의 사고와 감정, 의지 발달이 7년의 리듬 속에서 이루어지며 각 기간마다 구별 가능한 특수한 성향이 있다고 보았다. 우리 몸의 세포가 완전히 바뀌는 데 7년이 걸린다는 연구 결과처럼 인간의 정신 또한 7년을 주기로 새로워진다는 말이다. 그는 인간의 삶을 7년 단위로 나누어 보면 각 단계마다 주안점과 특징이 다를 뿐만 아니라 그 시기에 주어지는 기회도 다르다고 말한다. 즉, 사람에게는 7년마다 삶을 변화시킬 수 있는 멋진 기회가 찾아오기 때문에 이 기회를 잡고 능력과 재능을 개발하기 위해서는 각 시기의 적절한 시점에 적절한 장소에 있는 것이 중요하다는 것이다.

언제 떠나야 할지 결단을 내릴 수 없다면 여행을 계획할 때 '7년 주기 이론'을 활용해 보는 것은 어떨까? 이 이론을 적절한 여행 시기와 장소를 선택하기 위한 기준으로 삼는 것이다. 생애의 각 시기에 특징들을 살펴보면 언제 어떤 여행을 떠나야 할지 영감이 떠오를 것이다.

  15세 이상 21세 이하 : 청소년기인 이 무렵에는 혼자만의 공간과 사생활을 보호받고 싶어 한다. 좋아하는 것과 싫어하는 것이 분명해지고 자신의 영혼의 뿌리를 찾으려 한다. 이 시기에는 자신에 대한 확신을 갖고, 힘이 되어 줄 멘토와 자신이 닮고 싶은 인물을 찾는 것이 중요하다. 내적 안정감을 강화시켜 주는 여행을 하면서 이를 찾아보는 것도 바람직하다. 안전한 환경에서 어학연수를 하면서 세상에 대해 알아가고 자신의 능력을 발견해 가는 것도 추천할 만하다.

  22세 이상 28세 이하 : 세상에 의해 자아가 형성되는 시기다. 이 시기의 사람들은 점점 독립성을 띠며, 자신의 운명을 스스로 감당해야 한다고 여긴다. 타고난 재능을 묵히지 말고 잘 활용하는 것이 좋다. 예컨대 외국의 가정에 입주하여 아이들을 돌보는 오페어에 지원하거나, 해외에서 일할 수 있는 자격이 주어지는 워킹홀리데이를 다녀오거나, 교환 학생 프로그램에 참여하는 것도 바람직하다.

  29세 이상 35세 이하 : 우리의 자아가 세상을 형성하는 시기다. 이 시기의 사람들은 성격적 특성이 고착화된다. 그리고 자신의 생각을 현실과 비교해 가며 여러 가지 판단을 내린다. 또한 실행 능력이 넘치고 육체적으로도 전성기에 있어 가족과 직장 혹은 다른 중요한 일을 위해 에너지를 쏟는다. 늦어도 이 시기에는 한 번쯤 홀로 여행을 떠나 보는 것이 좋다. 이러한 독립적인 행위는 이 시기의 사람들에게 용기를 북돋워 주며, 스스로의 세계를 구축할 때 본연의 자아에 힘을 실어 준다.

36세 이상 42세 이하 : 이 시기는 많은 것을 '솎아 내는' 시기이다. 이대로 지속해도 좋은 것은 무엇인가? 무엇을 그만두어야 하는가? 이 시기의 사람들은 아직 여러 가지 결정을 수정할 수 있으며, 내적 갈등과 외적 갈등을 감내한다. 번잡한 세상에서 한 발짝 물러나 휴양을 하면 몸과 마음이 편안해지며, 자신의 일과 삶 사이에서 균형을 찾고 유지하는 데에 도움이 된다. 이 밖에 히말라야 등반에 도전하는 등 자신의 한계를 시험하고 극복하는 모험을 해 보는 것도 삶의 활력이 될 수 있다.

43세 이상 49세 이하 : 이 시기의 많은 사람들은 자신의 소명에 대해 보다 분명하게 인식하며 세상을 바라보는 시각도 넓어지고, 삶을 다시 한 번 열린 마음으로 바라본다. 육체적으로는 기력이 떨어지기 시작하며, 자신이 걸어온 삶을 처음으로 결산하게 된다. 집에서 멀리 떨어진 곳에서 새로운 교육을 받거나, 새로운 아이디어 구상을 위한 여행을 떠나 지금까지 수행해 온 직업을 내려놓고 자신의 소명에 상응하는 일을 모색해 볼 수 있는 시기이기도 하다.

50세 이상 56세 이하 : 자신이 걸어온 삶을 다시 한 번 결산하는 시기다. 지나온 삶의 어떤 지점에서 삶의 섭리에 저항했는지, 어떤 지점에서 적절한 길을 걸었는지가 명백하게 드러난다. 이때는 자신이 살아온 삶의 긍정적, 부정적 결과를 직시하여 뿌린 씨를 거두어들이고, 차분히 앞으로의 인생을 어떻게 살 것인지 생각해 보는 것이 좋다. 스웨덴의 농가나 스페인어권의 농원을 여행하며 제2의 고향으로 삼는 건 어떨까? 마음이 가는 곳을 여행하며 자신을 성찰하고 지금까지 찾지 못했던 삶의 의미를 찾아보는 것도 바람직하다.

57세 이상 63세 이하 : 육체적 기력보다 정신적 기력이 더 강해지기 시작하는 시기로 내면이 보다 성숙해지는 경지에 도달하는 시기이기도 하다. 삶에서 정말로 중요한 것과 중요하지 않은 것을 쉽게 구별할 수 있게 되며, 지금까지 집착해 왔던 것을 보다 쉽게 내려놓을 수 있게 된다. 이 시기에 접어들면 자신의 타고난 창의성을 다시 한 번 펼쳐 보고 싶다거나, 오랫동안 억눌렸던 모험심이 샘솟을 수 있다. 예컨대 이탈리아 토스카나 지방에서 미술 강좌에 참여하거나 프랑스 남동부 코트다쥐르 연안에서 요트 항해사 자격증을 취득함으로써 이러한 오랜 갈망을 채울 수도 있다.

64세 이상 70세 이하 : 이 시기에 접어든 사람에게는 평정심이라는 선물이 주어진다. 자신의 생각과 어긋나는 것도 예전보다 쉽게 받아들일 수 있게 된다. 오랫동안 품어 온 이런저런 꿈을 떠올려 보다가 자신이 이루어 낸 꿈에 뿌듯해하기도 한다. 시간과 공간 지각력이 예전에 비해 떨어진 상태이지만 때로는 다시 한 번 새로운 가능성이 주어지기도 한다. 또한 가족들과 친구들의 소중함을 알게 되는 시기다. 이 시기에 가족과 보내는 며칠은 뜻깊은 추억이 될 것이다. 예전에 가 보았던 곳을 가족과 함께 여행함으로써 즐거움을 공유할 수도 있다.

71세 이상 77세 이하 : 이 시기의 사람들은 이미 세상에서 자신의 자리를 찾은 상태이기에 많은 자유를 누릴 수 있다. 육체적 기력은 점점 약해지지만, 의무와 구속에서 벗어나 있기 때문에 삶이 편안해진다. 그리고 삶과 죽음에 대해 많은 생각을 하게 된다. 이때는 죽기 전 해 보고 싶은 일을 적은 버킷 리스트를 만들고 하나씩 실천해 보는 것이 큰 기쁨이 될 수 있다.

78세 이상 84세 이하 : 이 시기부터 이후의 모든 시기 동안 사람들은 자신에게 주어진 것을 수용하기 시작한다. 자신의 삶이 유한하다는 것을 깨달은 사람들은 유년 시절과 청년기에 있었던 일들을 자주 돌아본다. 겸손한 마음으로 세상의 흐름을 깨닫고, 자신과 화해를 하고 타인과 평화로운 관계를 맺으며 이 시기를 보내는 것이 바람직하다. 육체적 건강 상태에 따라 예전에 자신이 살았던 곳에 찾아가 보고 지난 추억을 떠올려 볼 수도 있다. 이렇게 자신과 평화로운 관계를 맺은 상태에서 삶이라는 책의 마지막 페이지를 덮을 수 있다면 멋진 삶을 살았다고 자부할 수 있을 것이다.

삶의 전환점을 맞은 사람들을 부러워한 적이 있는가? 적절한 시기에 운명 같은 기회를 잡아 새로운 방향으로 삶의 모습을 바꾼 사람들, 나는 이들이 내적 타이밍에 맞는 기회를 잡은 것이라고 생각한다. 커리어 도약기에 적절한 사람을 적절한 순간에 만나는 것이 중요한 것과 같은 이치다.

인생에는 매 시기마다 삶을 변화시킬 수 있는 타이밍이 존재한다. 그리고 이 타이밍을 놓치지 않게 해 주는, 생애 각 시기에 더 도움이 되는 여행이 있다. 그러니 여행을 나중으로 미루지 말라. 지금 떠나는 여행과 1년 뒤, 5년 뒤, 10년 뒤 떠나는 여행은 완전히 다른 여행이다.

# 여행의 추억은 무엇을 타고
# 이동하느냐에 따라 결정된다

* * *

인간이 여행을 하는 것은
도착하기 위해서가 아니라 여행하기 위해서이다.
– 요한 볼프강 폰 괴테

프랑스의 철학자 미셸 옹프레는 『철학자의 여행법』에서
여행이 실제로 시작되는 지점을 "집을 나서면서 현관문을
닫고 자물쇠에 열쇠를 꽂는 바로 그 순간"이라고 말했다. 여
행의 실질적인 첫 단계는 떠나온 장소에 있지도 않으며, 그
렇다고 우리가 갈망하던 장소에 도착하지도 않은 '사이'의
시간에서 시작된다는 것이다.

그렇다면 그 사이의 시간에 가장 큰 영향을 주는 것은 무
엇일까? 나는 여행 수단이라고 생각한다. 무엇을 타고 여행
하느냐에 따라 여행의 풍경이 달라지듯이, 사이의 시간은

우리가 선택한 이동 수단에 따라서 그 성격이 달라진다.

영국에서 저널리스트로 활동하고 있는 나의 친구 댄 키란은 《뉴스위크》로부터 '느린 여행의 대가'라는 찬사를 받은 적이 있다. 15년 전부터 비행기 대신 주로 기차를 이용해 여행을 다니기 때문이다. 처음에 그의 여행은 '기차를 선택한 여행'이라기보다는 '비행기를 포기한 여행'에 가까웠다. 키란은 비행기를 타는 것 자체가 너무 두려워서 비행기 없이 여행할 수 있는 방법을 찾았다. 자동차, 버스, 기차, 오토바이 등이 그의 선택을 받았고 결국 마지막까지 살아남은 것이 기차였다.

여행객들로 가득한 열차 칸, 점점 다른 모습으로 변해 가는 창밖의 풍경은 '진짜로 자신이 여행을 하고 있다는 기분'을 느끼게 해 준다. 키란은 이 기분을 기차 여행의 가장 큰 장점으로 꼽는다. 그는 기차를 타고 천천히 여행을 할 때면 마치 학교 수업을 빼먹고 딴 길로 샌 학생처럼 가슴이 두근거리며, 이런 설렘은 목적지에 도착하고 나서도 계속 이어진다고 말한다.

나에게 기차는 편리함과 낭만 어느 하나도 놓치지 않는 똑똑한 이동 수단이다. 운전자 마음대로 경로를 이탈하여 달릴 일도 없고, 내릴 곳과 탈 곳이 분명하게 고지되어 있어 역을 놓칠까 봐 전전긍긍할 필요도 없다. 직접 차를 몰아야 하는 스트레스도 없고, 난기류를 만나 속이 불편할 일도 없이 편안하게 휴식을 취하면서 목적지에 도달할 수 있다. 게다가 기차의 가장 큰 매력은 정확성이다! 교통 체증으로 인해 길에서 시간을 허비하는 일이나 연착되거나 출발이 지연되는 일은 기차 여행에서 보기 힘들다.

그리고 기차에서의 낭만은 너무 느리지도 않고 너무 빠르지도 않게 여행에 딱 맞는 속도로 달리며 승객들에게 선사하는 자연의 파노라마에서부터 시작된다. 기차를 타고 날 것 그대로의 자연을 바라보는 일은 굉장히 황홀한 경험이다. 대자연의 위엄을 바라보고 있노라면 하루를 꼬박 달리는 기차 여행도 전혀 지루할 틈이 없다. 목적지까지 빠르게 이동하는 것보다 주변의 풍경을 음미하면서 달리는 것이 여행을 더욱 풍부하게 만들어 준다. 달리는 동안 변해 가는 자연 풍광을 바라볼 수 있기 때문에 비행기로 공항에 쿵하고 내리는 것과 달리 충분한 적응 시간을 갖고 목적지에 도착할 수 있다.

니콜라스 바로우는 소설 『세상 끝에서 나를 만나게 될 거예요(Du findest mich am Ende der Welt)』에서 기차 여행에 관해 이렇게 말했다. "기차를 타고 여행을 하면 옛 시절이 떠오른다. 관광객이 아니라 여행객이라 불리고, 세상이 한없이 크게만 느껴지던 시절. 그 시절 사람들은 기차에 올라 차창 밖에 지나가는 풍경을 바라보며, 시간이 없다고 초조해하지 않으면서 목적지를 향해 평안하게 나아갔다." 기차가 전 세계적으로 낭만적인 여행 수단이라는 점에는 이견이 없어 보인다.

기차는 또한 많은 사람들과 함께 이동하는 공개된 장소라는 특성도 갖는다. 마차에서 그 디자인을 따온 유럽의 초기 객차는 승객들이 마치 마차에 탄 것처럼 좁은 객실에서 서로를 마주 보고 앉게 만들어졌다. 사람들 사이에 어색한 시선이 오갔고 이를 피하기 위해 사람들은 책을 읽기 시작했으며, 역 주변에는 책방이 발달했다.

지금도 여전히 출발할 때부터 도착할 때까지 작은 공간의 객실에서 처음 만나는 동승자들과 몇 시간, 아니 며칠을 함께 있어야 하는 건 불편하고 어색한 일이다. 하지만 과거 사람들이 책을 읽은 것과 달리 현대 사람들은 기차를 사랑방 역할로 사용하고 있다. 아무래도 목적지가 비슷한 사람들끼리 모여 있다 보니 동행자를 만나거나 친구를 만들기에 어려움이 없다. 어찌된 일인지 기차 안에서만큼은 누구나 쉽게 인사를 건네고 말을 붙일 수 있다. 자신이 떠나온 곳, 혹은 도착할 곳에 대해 정보를 교환하며 자연스럽게 친구가 되기도 한다. 그 기억들만 한데 모아도 하나의 여행기가 될 만큼 흥미진진한 시간이다.

나 역시 기차 안에서 멋진 친구를 만난 적이 있다. 그날 나는 뮌헨으로 가기 위해 빈의 서부역에서 기차에 올랐다. 기차가 출발하기 직전 짙은 색 곱슬머리를 한 여성이 기차 안으로 허겁지겁 뛰어들었다. 서른다섯 살 정도 되어 보이는 매력적인 그 여성은 숨을 헐떡거리며 빈 좌석에 앉았다. 내게 미소를 짓는 그녀에게 왠지 모르게 호감이 갔다. 기차가 움직이기 시작하자 검표원이 들어와 차표를 검사했다. 그런데 로레나라는 이름을 가진 그녀는 기차에 타기 위해 서두르다 그랬는지 기차표가 들어 있는 지갑을 잃어버린 상태였다. 목적지까지 가려면 30유로가 필요했다. "요금을 지불할 수 없으면 다음 역에서 하차하셔야 합니다." 검표원이 그녀에게 말했다.

혹시나 하는 마음으로 계속해서 가방을 뒤지는 그녀가 안되어 보였다. 사정이 딱하기도 하고, 나도 언젠가 이런 일을 당할 수 있다는 생각이 들었다. 검표원이 다녀가고 5분이 지난 뒤 나는 로레나에게 기차 요금 30유로에 여행에 필요한 약간의 용돈을 더해 50유로를 빌려주었다. 차표를 해결한 뒤 우리는 식당 칸에 앉아 즐겁게 이야기를 나누었다. 로레나는 가족들과 함께 남미에서 이주해 왔다며 자신을 소개했다. 그 말을 들으니 어떻게 그토록 눈부실 정도로 탐나는 곱슬머리를 갖고 있는지 알 수 있었다. 독일철도공사의 기술팀장으로 일하는 그녀는 빈에서 남자 친구와 낭만적인 주말을 보내고 업무상 중요한 미팅에 참석하러 뮌헨으로 가는 길이었다. 기술직에 종사하는 여자로서 중요한 지시를 내리는 자리에 있다 보면 본인이 원하든 원치 않든 여러 면에서 성장을 하게 된다. 나 또한 10년 이상을 건축 분야의 엔지니어로 보냈기에 둘 사이에는 비슷한 점이 많았다.

우리는 서로의 경험에 대해 이야기를 나누며 무척 유익한 시간을 보냈다. 뮌헨까지의 기차 여행은 순식간에 지나갔다. 그로부터 사흘 뒤 로레나에게 빌려준 돈이 내 계좌로 송금되었고, 우리는 간간이 서로의 여행 소식을 이메일로 전하며 우정을 나누고 있다.


그렇다면 자동차는 어떨까? 직접 차를 운전하며 여행하는 것은 정해진 노선으로부터 자유로워져서 언제, 어디로, 얼마나 여행할지를 마음대로 정할 수 있다. 자동차는 다양한 여행 수단 가운데 홀로 여행하는 사람들에게 최고의 자유를 선사해 준다. 안전하게 운전을 하고, 작은 사고에 겁먹지 않고, 지나치게 빨리 질주하거나 속이 터질 정도로 천천히 가는 차를 보더라도 별다른 스트레스를 받지 않는 모든 이들에게 홀로 자동차 여행을 하는 것은 멋진 경험이 될 수 있다. 여러 장소를 마음 내키는 대로 묶어서 다닐 수도 있고, 놓치기 아까운 볼거리가 눈에 띄면 그 자리에서 방향을 돌릴 수도 있다. 기차 시간을 맞추느라 전력 질주를 해야 한다든가, 대중교통으로는 가기 힘든 매력적인 장소를 포기해야 하는 일은 자동차 여행에 없는 장면이다. 그리고 자동차 여행의 하이라이트는 여행할 때 가장 짐스러운 '여행 가방'을 들고 다닐 필요가 없다는 것이다! 무거운 짐을 끌거나 메고 다닐 필요가 없고, 가방이 몇 개가 되든 얼마나 무거워지든 원하는 만큼 짐을 충분히 쌀 수도 있다.

나는 하루에 350킬로미터 정도 차를 몰면 육체적인 한계에 도달하는 편이라 목적지가 이보다 멀리 떨어져 있으면 여행 계획을 세울 때 경유지를 하나 끼워 넣어 1박을 하는 편이다. 지난달 베를린에서 뮌헨으로 갈 때에도 바그너 오페라 축제로 유명한 바이로이트를 중간 지점으로 정하고 1박을 했다. 비교적 장거리 여행을 할 때마다 이렇게 경유지를 정해 놓고 구경함으로써 말 그대로 제2의 고향인 독일에 관해 조금씩 알아 가고 있다.

한번은 뮌헨 호텔의 수영장에서 같은 호텔 투숙객과 이야기를 나눈 적이 있다. 혼자서 차를 몰고 여행하는 것을 좋아한다는 내 말에 그가 놀란 기색을 보이며 이유를 물었다. 나는 이렇게 대답했다. "저는 천천히 안전하게 운전하는 걸 좋아해요. 만약 오늘 남자든 여자든 상관없이 누군가가 제 차 조수석에 앉아 있었더라면 여기까지 오는 길이 두 사람 모두에게 그다지 즐겁지는 않았을 겁니다. 저도 혼자서 차를 몰 때처럼 드라이브를 즐길 수 없었을 거고요. 남자들은 대부분 조수석에 그냥 편안하게 앉아 있지를 못해요. 여자들은 차를 타고 오는 동안 나와 마음껏 이야기를 나누길 원했을 거고요. 저는 운전을 할 때 가속 페달을 밟았다가 브레이크를 밟고, 경사진 정도에 따라 적절한 변속 기어를 선택하고, 앞차와의 간격을 가늠하는 일에 집중하고 싶답니다. 만약 제가 남자든 여자든 누군가를 조수석에 태우고 차를 몰았다면 이런 재미있는 과정들을 만끽하지 못했을 거예요."

안타깝게도 많은 여성들이 아직도 혼자 자동차 여행을 떠나는 것에 두려움을 느낀다. 대부분의 남성들이 다른 나라에서 운전하는 것에 두려움을 느끼지 않는 것과 대조되는 현상이다. 홀로 떠나는 여행에 관해 나와 대화를 나눈 몇몇 여성들은 자동차를 즐겨 타며 자신이 사는 도시 주변에서 운전하는 것은 좋아하지만 혼자서 차를 몰고 여행 목적지까지 가는 것에 대해서는 대부분이 주저하며 머뭇거렸다. 내 지인 가운데 사업가로 활동 중인 중년 여성 안나는 직업상 차를 몰고 일주일에 수백 킬로미터를 오갈 때가 많지만 혼자서 외국까지 운전을 하고 갈 의향은 없다고 말했다.

"아마도 제 남편은 우리가 휴가를 보내게 될 곳까지 눈을 감고서도 운전해서 찾아갈 거예요. 하지만 나는 그곳까지 가는 길을 전혀 몰라요." 나는 안나의 말에 "나도 길을 모를 때가 많아요. 하지만 중요한 건 내 차에 달려 있는 내비게이션은 길을 아주 잘 찾는다는 거예요"라고 대답했고, 우리는 서로를 마주 보며 한바탕 기분 좋게 웃었다.

우리가 계획하고 있는 여행의 유형마다 하나 이상의 적합한 교통 수단이 있다. 어떤 수단을 이용하여 여행을 할지 결정하는 것은 각자의 몫이다. 당신이 선택한 목적지로 가는 최선의 방법이 있는데 혼자 차를 몰기가 겁난다거나 기차나 비행기를 타기가 무섭다고 주저하지 말라. 같은 곳을 여행해도 어떤 이동 수단을 선택하느냐에 따라 우리가 보는 모습, 우리가 느끼는 감정은 다르다. 무엇을 어떻게 보고 싶은

지에 따라 적합한 여행 수단을 선택하면 된다.

여행은 목적지로 향하는 순간부터 시작된다. 빨리 혹은 편안하게 갈 생각만 하지 말고 어떤 과정을 즐기고 싶은지를 고려하여 이동 수단을 선택하라. 그리고 출발하는 순간부터 긴장을 풀고 편안하게 주위를 둘러보고 그 순간을 즐겨라. 당신의 여행이 조금 더 풍족해 질 것이다.

# 남는 게 사진밖에 없는 여행을 피하는 법

• • •

자신이 걸어온 길에 집착하는 이는 많지만,
목표를 바라보고 걸어가는 이들은 소수에 불과하다.
— 프리드리히 니체

내가 여행에도 목표가 필요하다는 것을 깨달은 건 크리스
마스 시즌에 떠난 뉴욕 여행에서였다. 몇 번의 홀로 여행으
로 자신감이 생긴 나는 과감히 크리스마스 시즌에 홀로 뉴
욕으로 떠나기로 결정을 내렸다! 나는 이를 '카트린 홀로 뉴
욕에(영화 〈나 홀로 집에2(Kevin alone in New York)〉를 패러디한 표
현)'라고 이름을 붙이고 재미있는 여행이 될 거라고 생각했
다. 뉴욕하면 타임스퀘어의 번쩍이는 오색 전광판, 브로드웨
이 극장가의 흥겨운 뮤지컬, 바다 위에 우뚝 서 있는 뉴욕의
상징 '자유의 여신상' 등 온갖 볼거리와 즐길 거리가 여기저

기 널려 있는 환상의 도시를 상상하게 된다. 나 역시 마찬가지였다. 딱히 무언가를 하고 싶다기보다 그냥 '뉴욕'이라는 도시에 가 보고 싶었다.

단 한순간도 잠들지 않는 도시, 뉴욕은 24시간 내내 시끌벅적하다. 하지만 뉴욕도 1년에 단 한 차례, 24시간 동안 예외적으로 조용해질 때가 있는데 바로 크리스마스 당일이다. 뉴요커들은 전통적으로 크리스마스를 집에서 보낸다. 내가 뉴욕에 도착한 24일 오후가 되자 몇 개 남지 않은 상점들이 셔터를 내리기 시작했고, 심지어 24시간 영업을 하는 편의점까지 네온사인을 껐다. 도시 전체가 유령이라도 나올 듯이 으스스해졌다. 나처럼 혼자서 거리를 걷는 사람은 찾아볼 수가 없었다.

나는 갈 곳을 잃었다. 박물관들도 휴일 전날이라며 일찍 문을 닫았고, 레스토랑은 전부 예약되어 자리가 없었다. 거대한 크리스마스 트리로 유명한 록펠러 센터 앞에는 사람들이 너무 몰려 내 몸 하나 제대로 서 있을 공간조차 없어 보였다.

자신감은 사라져 가고, 착잡한 기분이 스멀거리며 찾아왔다. 워싱턴D.C.에서 함께 크리스마스를 보내자던 친구들의 제안을 받아들였어야 했나? 도대체 나는 무슨 배짱으로 뉴욕에서 크리스마스를 혼자 보내겠다는 바보 같은 생각을 했던 걸까? 나는 센트럴파크를 걸으며 뉴욕으로 여행을 온 이유와 목표에 대해 생각하기 시작했다. 그저 내 멋에 취해 무용담을 하나 더 만들려고 크리스마스 시즌에 뉴욕으로 온 것은 아닐까? 뉴욕에 와서 도대체 무엇을 하고 싶었을까? 이번 여행에서 나는 무엇을 얻고자 했을까?

좋아 보이는 여행지로 대책 없이 떠났다가 별로 좋지 않은 기억을 갖게 된 경험이 있는 사람은 비단 나뿐이 아닐 것이다. 여행지에서 바쁘게 관광지를 돌아다니고 있는데 어쩐지 여행이 썩 재미있는 것 같지 않고, 여행에서 돌아와서 생각해 봤을 때 딱히 즐거웠거나 기억에 남는 일이 없는 것 같은 경험은 비일비재하다. 모두 목표가 없는 여행을 했기 때문에 벌어지는 일들이다.

배움에 학습 목표가 필요하고, 인생에 삶의 목표가 필요한 것처럼 여행에도 목표가 필요하다. 그런데 우리는 종종 여행을 떠날 때 여행 그 자체를 목표로 한다. 내가 그냥 '뉴욕에 가겠다'라고 생각했듯이 파리 여행하기, 아프리카 여행하기를 목표로 세우는 것이다. 그러나 이는 여행 계획이지 여행 목표가 아니다.

여행의 목표는 여행을 가서 '무엇을 하고 싶다'로 설정해야 한다. 그렇다고 거창해야 할 필요는 없다. 최근에 관심을 갖게 된 작가의 생가에 가 보기, 축제에 참여해 보기, 감명 깊게 본 영화 촬영지 찾아가기, 스쿠버 다이빙 자격증 따기, 사막에서 별 보기, 여태까지 한 번도 해 보지 않았던 일 10개 하기, 다양한 교통수단을 이용하여 이동하기 등이 모두 여행의 목표가 될 수 있다.

목표의 크기와 상관없이 목표를 설정하는 것만으로도 여행의 자세는 수동적인 것에서 능동적인 것으로 바뀐다. 여행의 목표는 우리 여행에 의미를 더해 주고, 여행을 떠남으로써 놓쳐야 했던 기회비용들을 보상해 주며, 나아가 여행 기간 동안 우리를 도전하게 만든다. 필수 여행 코스를 돌아다니는 백화점식 여행에서 벗어나 설정한 목표를 달성하고 돌아오는 여행은 자기표현의 수단이기도 하다. 이런 방식의 여행을 즐기는 사람들은 값진 이야기를 들고 돌아온다.

여행 책자에 나와 있는 3박 4일 추천코스에 따라 메트로폴리탄 박물관, 월스트리트, 소호, 타임스퀘어, 엠파이어스테이트 빌딩을 하루 만에 소화할 필요는 없다. 이런 여행을 다녀오면 남는 것은 말 그대로 사진뿐이다. 사진밖에 남는 것이 없는 여행 말고 자신에게 변화를 주는 여행을 하려면 짧은 시간 동안 최대한 많이 보는 것보다 그곳에 '왜' 가고

'무엇을' 얻을 것인가를 보다 중요하게 여겨야 한다. 이 여행을 떠나는 이유, 즉 여행의 목표를 세워야 한다는 말이다.

　남들이 보기엔 별 거 아닌 것 같은 여행도 나만의 목표를 세우고 떠난다면 만족도가 높은 여행이 될 수 있다. 나의 경우 영화 〈사운드 오브 뮤직〉의 무대로 유명한 잘츠카머구트로 자주 휴가를 떠나는데 사람들은 한 번으로 충분한 곳을 왜 그렇게 자주 가냐고 묻는다. 나는 이 지역으로 휴가를 갈 때마다 볼프강 호숫가에 위치한 호텔 코르티젠(Hotel Cortisen)에 묵는다. 이 호텔은 잘츠카머구트의 한복판에 위치하고 있어 높은 산들과 70여개의 호수가 어우러지는 아름다운 경관을 감상하기에 부족함이 없는 장소이다. 코르티젠은 오스트리아의 손꼽히는 관광지 잘츠카머구트의 다른 호텔과 차별점을 두기 위해서 호텔을 고요하고 평화롭고 조용한 곳으로 만들고자 노력했다. 그들은 이 아름다운 호텔에서 사람들이 혼자만의 호젓한 시간을 보낼 수 있도록 도와주고 싶었다. 그래서 이 호텔은 '노 키즈(No Kids)'방침을 선언했다. 아이들은 12살이 넘어야만 이 호텔에 머물 수가 있다!

　코르티젠의 소유주인 롤랜드 발너가 이러한 결정을 내릴

수 있었던 것은 여행을 하면서 홀로 여행하는 사람들이 오직 자신과 보내는 이 시간을 매우 소중하고 특별하게 여긴다는 것을 분명히 알게 되었기 때문이다. 발녀는 이러한 여행자들이 만족할 만한 휴식처를 만들고 싶었다. 그래서 호텔의 레스토랑도 고급 요리와 선별된 와인을 제공하도록 하였고 호텔 내에 고급스러운 라운지를 조성했다. 이런 전략 덕분에 코르티젠 호텔을 찾는 고객들 가운데에는 배우자를 동반하지 않고 혼자서 며칠 동안 휴식을 취하고 가는 사람들의 숫자가 점점 늘고 있다.

나 역시 이러한 이유로 이 호텔을 선택하고, 혼자 방문하는 많은 사람 중 한 명이다. 미뤄 두었던 책도 읽고 음악도 들으며 나를 재충전하고자 할 때나, 휴식을 취하면서 글을 쓰고자 할 때 항상 이곳을 찾는다. 이곳은 마음의 평온을 얻고자 하는 나의 여행에 가장 최적화된 곳이다. 대단한 관광지도 아니고 이색적인 문화를 체험한 것도 아니지만 늘 이곳에 다녀오면 잘 여행했다는 만족감이 든다.

뉴욕 여행보다 잘츠카머구트 여행이 더 만족스러웠던 것은 후자가 더 매력적인 여행지여서가 아니라 여행을 대하는 나의 자세에 차이가 있기 때문이다. 얻고자 하는 게 뚜렷하면 우리의 여행도 뚜렷해진다. 구체적인 여행 목표들은 여행지에서 맞닥뜨리는 여러 선택의 순간에 도움을 준다. 공원에서 햇빛을 받으며 오랜 시간 동안 산책을 할지, 아니면 여행지의 여러 랜드마크를 돌아다닐 것인지와 같은 문제부터 무엇을 먹을지 어디에서 잘 것인지 이곳을 갈지 말지까지 온갖 문제의 선택의 근거가 된다. 하나의 명확한 기준을 가지고 선택을 하면 여행에 아쉬움이 남지 않는다. '사운드 오브 뮤직 투어는 하지 못했지만 볼프강 호숫가에서 햇빛을 쐬며 읽고 싶었던 책을 다 읽었어'와 같은 만족감을 느낄 수 있는 것이다.

만약 지금 원하는 것이나 여행을 떠나 얻고 싶은 것이 무엇인지 모르겠다면 평소 자신의 직업이나 관심사와 관련된 목표를 세우면 된다. 작은 레스토랑을 운영하는 나의 고객은 미슐랭 스타 레스토랑을 방문하는 것을, 자동차 딜러로 일하는 친구는 세계적인 자동차 축제에 참여하는 것을 목표로 삼았다. 또, 클래식 애호가인 친구는 자신이 좋아하는 음악가들의 발자취를 따라가는 것을 목표로 한 여행을 하기도 했다.

여행에서 돌아와서 남는 것이 사진뿐이 아니려면 당신이 이 여행을 통해 얻고 싶은 것이 무엇인지 확실히 결정하고 출발해야 한다. 그냥 떠나는 것이 아니라 무언가에 대한 열정으로 떠나야 하는 것이다. 하다 못해 휴식에 대한 열정이라도 말이다. "경제적 궁핍은 한 사람의 발전을 가로막지 못한다. 오직 무지와 공허한 마음만이 이를 가로막을 수 있다"는 말이 있다. 나는 이 문장에 '한 사람의 발전' 대신 '여행의 재미'를 넣어도 맞는 말이라고 생각한다. 풍족하지 않은 예산은 여행의 재미를 가로막지 못한다. 오직 여행지에 대한 무관심과 열정 없는 마음만이 재미를 느낄 수 없게 한다.

모두가 다 다른 이유에서 여행을 떠났을 텐데 모두 같은 코스로 여행을 하는 것을 볼 때면 아쉬웠던 나의 뉴욕 여행이 떠오른다. 사람들이 좋다고 하는 곳, 남들에게 자랑하기 좋은 곳으로 무작정 떠나지 말고 자신이 지금 원하는 것을 할 수 있는 곳으로 떠나라. 우리는 타인을 만족시키기 위해 여행을 떠나는 것이 아니다. 우리가 여행으로부터 무엇을 가져올 것인가는 우리 스스로 정할 문제이다.

# 스스로 대접할 줄 아는 여행자만이
# 세상의 대접을 받는다

* * *

만약 사람들이 모아 놓은 금보다
음식과 환호성, 음악을 가치 있게 여긴다면
세상은 더 즐거워질 것이다.
– 존 로널드 로웰 톨킨


"혼자 여행가면 밥은 어떻게 해요?"

내가 사람들에게 여행에 관한 이야기를 할 때마다 가장 자주 듣는 질문이다. "다를 거 없어요. 맛있기로 소문난 레스토랑에 찾아가서 베스트 메뉴를 먹곤 하죠. 제가 혼자 여행에서 가장 좋아하는 부분 중 하나예요." 내가 이렇게 말하면 사람들은 보통 이런 반응을 보인다. "뭐? 혼자 레스토랑에서 저녁을 먹는다고? 게다가 그것을 즐기기까지 한다고? 어떻게 그럴 수가 있지?"

혼자서 레스토랑에 앉아 저녁 식사를 한다는 상상만 해도 마음이 불편해지는 사람들이 있다. 그들이 두려워하는 것은 고독감이다. 이들은 혼자 레스토랑에서 저녁을 먹는 순간, 마치 창고 정리 대방출 세일에 끌려 나와 누군가 자신을 집어가 주기를 기다리는 재고 상품이 된 것 같은 소외감을 느낄 거라고 생각한다.

스무 살 무렵 사귀고 있던 남자 친구 어머니에게 동네 피자 전문점에서 혼자서 점심을 먹고 왔다는 이야기를 할 때도 마찬가지였다. 그녀는 이렇게 말했다. "어떻게 여자가 레스토랑에서 혼자 식사를 할 수가 있지? 남들 눈에 대체 네가 어떻게 보이겠니?" 그녀의 말을 듣고 속으로 나는 이렇게 생각했다. '글쎄, 어떻게 보일까요? 혼자서 피자를 먹고 있는 여자로 보이겠죠.' 내가 혼자서 식사하기를 두려워하는 사람들에게 말하고 싶은 것도 이와 같다. 식당은 식사를 하기 위한 곳이다. 그곳에서 당신이 혼자 밥을 먹는 것은 전혀 이상한 일이 아니다. 게다가 당신이 수없이 많은 책에서 보았겠지만, 다른 사람들은 생각보다 당신에게 관심이 없다.

쉽사리 '한 사람을 위한 만찬'을 시도할 용기가 나지 않는 사람들을 위해 혼자 레스토랑에 가서 식사를 하는 것에 대해 자세히 이야기를 해 보자. 만찬을 더 멋지게 즐기기 위해서는 음식뿐만 아니라 전망과 분위기를 고려하여 최상의 장소를 선택하는 것이 좋다. 이 모든 것은 당신이 최상의 기분으로 혼자만의 만찬을 누리는 데에 도움이 된다. 적당한 레스토랑을 찾기가 힘들면 호텔 프런트나 숙소 주인에게 인근의 맛집을 소개받고 가장 좋은 자리를 예약해 달라고 부탁하는 것도 좋은 방법이다. '예약석'이라는 팻말이 놓인 자리로 안내를 받는 것은 생각보다 꽤 기분이 좋은 일이다.

혼자 밥 먹는 것에 익숙하지 않아 음식이 나오기 전까지 무엇을 해야 할지 모르겠다면 일기장이나 수첩을 준비해 가지고 가는 것이 좋다. 음식이 늦게 나오거나 멀뚱히 앉아 있기가 쑥스러울 때 자연스럽게 수첩을 꺼내 그날 있었던 일이나 여행에 관한 메모를 하면 된다. 무엇보다도 좋은 것은 여행을 통해 얻은 유익한 경험을 기록해 두는 것이다. 예를 들어 박물관에서 배우고 느낀 점이나 오늘 저녁에 봤던 공연 등 여러 가지 유익한 경험에 대해 기록해 두면 나중에 여행 일지를 쓸 때 도움이 된다. 혹은 처음으로 외국 레스토랑에 혼자 들어가 식사를 한 소감이 어떤지, 웨이터가 얼마나 친절하게 맞아 주었는지, 그래서 얼마나 자신감이 생겼는지에 대해 메모할 수도 있다. 그러다 보면 시간도 잘 지나가고 불안한 마음도 사라질 것이다. 가져간 책을 읽는 것도 시간을 보내기에 좋지만 혼자서 외식을 할 때마다 습관적으로 책을 꺼내 읽는 것은 바람직하지 않다. 우선 책은 가방 속에 넣어 두었다가 꼭 필요한 순간에만 꺼내 펼쳐 들라. 혼자서 레스토랑에서 저녁을 먹는 횟수가 한 번 두 번 늘어날수록 점점 책 없이도 편안하게 시간을 보내게 될 것이다.

그러니 여행을 하는 동안 다른 사람들의 시선보다 나의 즐거움을 더 우선시하라. 꼭 기분이 울적할 때만이 아니라 여유가 된다면 매일 저녁을 하루의 하이라이트로 삼고 혼자만의 만찬을 즐기는 것도 좋다. 당신의 취향에 맞는 레스토랑을 선택하고 어쨌든 무사히 이곳에 앉아 따뜻한 음식을 먹고 있는 자신을 칭찬해 주며 당신에게 주어진 맛있는 음식들을 음미하라. 당신은 그럴 자격이 있다.

내가 여행을 하면서 '한 사람을 위한 만찬'이 주는 힘을 실감했을 때는 핀란드에서 갑작스럽게 작은 사고를 당했을 때다. 헬싱키에 있는 한 극장에서 영화를 보고 나오다가 캄캄한 영화관 계단에서 발을 헛딛는 바람에 오른쪽 발을 접질린 것이다. 발이 심하게 부어올라서 로비까지 다리를 절름거리며 나올 수밖에 없었다. 노르웨이에서부터 핀란드까지 혼자 여행을 하던 참이라 헬싱키에는 아는 사람도 없어서 난감한 상황이었다.

어쩔 수 없이 걸어서 5분 거리에 있는 호텔까지 택시를 타고 이동했다. 겨우 호텔 방에 도착했지만 발은 심하게 부어올라 욕실에 가는 것조차 힘이 들었다. 나는 객실 담당 직원에게 얼음을 부탁하고 밤새도록 얼음찜질을 했다. 12시간 정도가 지나자 발에 부기도, 통증도 서서히 가라앉았다. 잔뜩 긴장했던 몸을 침대에 누이며 앞을 제대로 보지 못해 이런 사고를 낸 나 자신에게 화가 났다. '왜 제대로 계단을 내려가지 못했을까?' 하는 자책부터 이 사고 때문에 틀어진 일정과 룸서비스로 시킨 식사값을 생각하니 머리가 아팠다. 즐거웠던 여행 기분이 썰물 빠지듯 흔적도 없이 다 사라져버렸다.

혼자 여행을 하다 보면 때때로 스스로를 자책하는 일이 생긴다. 모든 것이 나의 선택이고, 나의 결정이다 보니 일이 잘못되었을 때 자신을 탓하게 되는 것은 당연하다. 지갑을 잃어버리고, 버스를 잘못 타서 예매해 두었던 공연을 볼 수 없게 되고, 늦잠을 자서 비행기를 놓쳤을 때에는 머릿속에 온통 '무슨 대단한 여행을 하겠다고 혼자 이 낯선 나라에 왔을까', '나 같은 것은 여행할 자격도 없어', '그럼 그렇지, 여기 온다고 내가 뭐가 달라지겠어?' 라는 나를 향한 비난의 목소리가 가득 차게 된다.

그러나 이런 자책은 당신의 여행에 전혀 도움이 안 된다. 아무리 나를 탓하고, 구석으로 몰아 봤자 사라진 지갑은 돌아오지 않고, 이미 시작한 공연을 멈출 수도 없으며, 시간을 돌릴 수도 없다. 이럴 때는 그저 '다음부터는 이러지 말아야지'라는 단 한 줄의 깨달음만 마음속에 깊이 새겨 두고 이에 대해 생각하지 않는 것이 좋다. 하지만 이렇게 말하고 있는 나조차도 이것이 쉽지가 않다. 이럴 때 내가 쓰는 방법은 고생한 나에게 선물을 주는 것이다. 그때도 그럴듯한 레스토랑에 가서 내가 먹고 싶은 음식과 와인을 시켜서 거나하게 한 끼 식사를 해결했다. 맛있는 음식을 먹으니 기분도 한결 좋아졌고, 친절한 웨이터와 따뜻한 레스토랑의 분위기가 기운을 한껏 북돋아 주었다.

아이러니하게도 혼자 여행을 하다보면 스스로를 소홀히 하게 되는 경향이 있다. 혼자 있으니까 대충 식사를 때워야지, 혼자 있으니까 그냥 이 정도 불편은 감수해야지, 혼자 있으니까 비싼 공연은 보지 말아야지…. 그러나 우리는 스스로를 대접하기 위해, 사랑받을 만한 가치가 있기 때문에 홀로 여행을 떠나온 것이다. 절대 어느 순간에도 단지 '혼자'라는 이유만으로 스스로를 대접하는 걸 주저하지 마라.

나의 사촌은 뉴욕에 여행을 갔다가 폭설로 귀국행 비행기를 취소당한 적이 있다. 그날 출발하기로 한 모든 항공편이 취소가 되는 바람에 항공사에서는 호텔을 제공해 줄 수가 없었고, 그녀는 꼼짝없이 공항에서 다음 날 아침 비행기를 기다리는 수밖에 없었다.

혼자서 공항 근처 호텔에 묵는 것이 부담스러워 공항에서 대기하기로 결정했는데, 10시간이 넘어가자 이런 상황이 짜증스럽게 느껴졌다. 그녀는 공항 구석에 배낭을 베고 누워 쪽잠을 자며 하룻밤 숙박비를 아끼기 위해 내린 결정이 자신의 몸과 마음을 얼마나 갉아먹고 있는지에 대해 생각했다. 꽤 괜찮았던 미국 여행이 단 몇 시간 만에 구질구질하고 피곤한 노숙으로 바뀌어 있었던 것이다.

이 기분으로 집에 돌아갈 수는 없었다. 좋은 기분을 회복해야 했다. 그녀는 웅크린 몸을 배낭에 기댄 채 자신의 주머니에 남아 있는 100달러에 대해서 생각하기 시작했다. 이 100달러로 자신의 기분을 가장 좋게 만들어 줄 수 있는 것이 무엇인지를 말이다. 그러다가 라운지를 생각해 냈다!

그녀는 체크인 카운터가 열리자마자 일등으로 체크인을 하고 항공사 라운지로 달려갔다. 다행히 그녀가 이용하는 항공사에서는 라운지 1일 이용권을 판매하고 있었다. 그것도 단돈 50달러에! 라운지에서 샤워도 하고 맛있는 음식도 먹고 잠깐 눈도 붙이고 난 그녀는 한결 상쾌하고 편안한 기분을 느꼈다. 50달러가 아깝지 않았다. 몇 시간 전까지만 해도 일정이 어긋난 것에 대해 화가 났지만, 그 순간에는 여행을 잘 마무리하고 있는 기분이 들었다.

우리는 스스로를 고통받게 하기 위해 여행하는 것이 아니다. 여행에서 돌아와서 우리가 후회하는 것은 그때 이 음식도 먹어 볼걸, 저 박물관도 가 볼걸, 그 뮤지컬도 봤어야 했는데 하는 것들이지 돈을 너무 많이 썼다가 아니다. 당신이 원한다면, 그리고 스스로 그럴 가치가 있다면 몇 푼을 아끼기 위해 원하는 것을 포기하지 마라. 언제나 자신을 가장 최우선에 두도록 하라. 내가 나를 잘 돌볼 때, 세상도 내가 잘 여행할 수 있도록 돌봐 준다.

# 안전한 여행을 위한 9가지 체크 리스트

• • •

여행을 할 때에는 인내심, 용기, 유머,
그리고 작은 돌발 사고에 대처하는 능력이 필요하다.
— 아돌프 폰 크니게

이집트 민주화 시위가 일어나기 몇 년 전 이집트 샤름 엘셰이크로 휴가를 간 적이 있다. 시나이 반도에 위치하고 있는 샤름 엘 셰이크는 유럽인들이 자주 찾는 고급 휴양지로 이집트 본토보다 치안이 더 좋기로 유명하다. 게다가 대부분의 리조트들이 올 인클루시브로 운영되고 있고, 작은 리조트들도 레스토랑과 마사지숍은 물론이고 리조트 전용 해변을 가지고 있어서 리조트 시설을 이용하는 것만으로도 충분한 휴식을 즐길 수 있다.

휴가를 함께 갔던 남편과 나는 리조트 투숙객만 사용할 수 있는 바다에서 태닝을 하고, 삼시 세끼를 호텔 뷔페에서 해결하고, 언제나 무료로 제한 없이 제공되는 술을 마시며 휴가를 즐겼다. 해양 스포츠를 좋아하는 남편은 영국 다이빙 전문지가 최고의 다이빙 포인트로 선정한 곳이 바로 홍해 바다라며 스쿠버 다이빙에 도전했고, 나는 리조트에서 진행하는 트레킹에 참여하여 모세가 십계명을 받은 시나이 산을 탐방했다.

5일간의 꿈같은 날들이 지나가고 떠나는 날이 되었을 때, 대부분의 시간을 투어와 리조트에서 보내느라 샤름 엘 셰이크 시내를 둘러보지 못했다는 것을 깨달았다. 나는 리틀 라스베이거스라고 불리는 나마베이에도 가고 싶었고, 재래시장인 올드 마켓에도 가 보고 싶었다. 비행기는 저녁에 출발하는 일정이라 일찍 준비하고 나가면 시간은 충분했다. 시내에 나가 보는 것이 어떠냐고 묻자 남편은 다이빙을 한 번 더 하고 싶다고 했다. 우리는 황금 같은 휴가를 함께 있어야 한다는 이유만으로 원하지 않는 것을 하는 대신 각자 하고 싶은 일을 하고 공항에서 만나기로 했다.

나는 나마베이에 가서 노천카페에 앉아 물담배를 하는 젊은이들 옆에서 커피를 한 잔 마시고, 올드 마켓에서 기념품을 사고 공항으로 돌아갈 준비를 했다. 아까 커피를 마셨던 나마베이의 카페 주인이 택시를 타도 되지만 공항까지 그리 멀지 않으니 버스 터미널 근처에서 합승 버스를 타 보는 것도 나쁘지 않을 것이라고 말했다. 왠지 오늘 하루는 배낭여행자가 된 기분이라 버스 터미널까지 걸어가 합승 버스를 찾았다. 정류장이 따로 없지만 가 보면 어디서 타는지 알게 될 거라는 카페 주인의 말대로 도로에는 승합차들이 줄을 지어 서 있었다. 근처로 걸어가자 많은 청년들이 호객 행위를 해 오기 시작했다. 그들 나름대로 자신의 차가 가는 목적지를 외치는 것 같은데 나는 하나도 알아들을 수가 없어서 영어로 '공항'이라고 말했다. 그러자 몇몇 청년은 고개를 흔들며 다른 손님을 향해 걸어갔고, 몇 명은 큰 소리로 누군가를 불러왔다. 그 청년은 내게 다가와 영어로 공항에 가냐고 물었고, 나를 한 승합차로 데려갔다. 나는 얼마 안 하는 돈을 그에게 내고 승합차에 올라 탔다.

차 안에는 아이를 안고 있는 어린 소녀, 많이 낡았지만 깨끗한 양복을 입은 할아버지, 많은 짐을 들고 탄 소년이 앉아 있었다. 그들은 나를 신기하게 바라보았고 나도 그들을 신기하게 바라보았다. 그 뒤로 4, 5명이 더 버스에 탔고 나를 승합차로 안내했던 청년이 문을 닫아 주었다. 그가 운전하는 게 아닌가 싶어 운전석을 바라보았더니 아직 어린 티가 채 가시지 않은 다른 청년이 시동을 걸고 있었다. 나는 닫힌 문 너머로 호객 행위를 하던 청년에게 "공항?"이라고 말했고 그 청년은 고개를 끄덕이며 손으로 오케이 사인을 보냈다. 나는 어디서 내려야 하는지 몰랐지만, 공항이 보이면 그 근처에서 내리면 될 것이라고 생각하고 시트에 등을 기댔다.

음, 이 시점에서 내가 여러분들에게 꼭 말하고 싶은 게 있는데 여행에서 길을 잃는 것은 정말 낭만적인 일이지만 걸어서 길을 잃는 것과 달리 남이 운전하고 있는 차를 탄 상태에서 길을 잃는 건 정말 무서운 일이라는 것이다. 내 주변 사람들이 하나 둘씩 내리기 시작했지만 나는 도대체 이 차가 어디로 가고 있는지 알 수가 없었다! 주변 사람들에게 '공항?' 하며 말을 건네도 다들 수줍은 미소를 띠며 웃기만 할 뿐 그 누구도 속 시원하게 '공항!'이라고 말해 주는 사람이 없었다. 나는 아랍어로 '공항'을 알아 놓지 않은 것을 후회하며 두 눈을 크게 뜨고 창문에 매달렸다. 남은 사람이 3명 정도 되었을 때 비행기 한 대가 근처에 착륙하는 것이 보였다. 나는 나도 모르게 "오!"하는 탄성을 내지르고 손가락으로 비행기를 가리켰다.

내 맞은편에 앉아 있던 어린 소녀는 그런 나를 보며 웃었다. 나는 손가락으로 나와 비행기를 가리키며 "나는, 저기에,

가고 싶어"라고 말했고, 소녀는 내 손가락이 움직이는 것을 보다가 수줍게 말을 꺼냈지만 나는 단 한 글자도 알아듣지 못했다. 결국 소녀도 차에서 내렸고, 남은 것은 운전수와 나뿐이었다. 점점 공항으로부터 멀어지는 것 같아 불안한 마음이 커졌다. '이 청년은 나를 어디로 데려가는 걸까?', '이 차는 종점이 없나?, 아니면 다시 그곳으로 돌아가나?', '내가 저 청년이랑 싸우는 것이 과연 승산이 있는 게임일까?'

나는 맨 앞 좌석으로 가서 그를 불렀다. 예상과 다르게 그는 소스라치게 놀라며 나를 돌아봤다. 그리고 차를 멈춰 세웠다. 나는 여태까지 모든 승객들에게 그랬던 것처럼 그에게 말했다.

"공항?"

기대했던 내가 부끄럽게도 그는 내 말을 못 알아들었다는 뜻으로 눈을 크게 뜨고 어깨를 으쓱했다. 나는 머리가 아팠다. 그에게 다시 한 번 '공항'이라고 말하고, 내 짐가방을 보여 주고, 두 팔을 벌려 나름대로 비행기 흉내를 냈지만 그는 감조차 잡지 못했다. 내가 가방을 가리켰을 때는 "힐튼?, 쉐라톤?"이라고 말하며 나를 리조트로 다시 데려다 놓을 기세였다.

나는 모든 것을 포기하고 그에게 "택시?"라고 말했다. 그러자 그가 "택시!"하고 답했다. 그러고 나서는 시무룩한 표정으로 "노 택시"라고 말했다. 아무래도 택시가 잘 안 잡힌다는 것 같았다. 나는 달리 방도가 없어서 다시 택시라고 말했고, 청년은 몇 미터를 더 운전해 가서 사거리에 나를 내려주었다.

미리 출발했기 때문에 아직 늦지는 않았지만 마음이 급해졌다. 날이 어두워지고 있었다. 나는 여기가 어디인지 모르고, 아랍어도 할 줄 모르며, 내 시야 안에 택시는커녕 사람 한 명도 보이지 않았다. 그러자 여행을 오기 전에 들었던 갖가지 사건 사고들이 생각났다. 택시 기사가 혼자 탄 여자 승객을 으슥한 곳으로 데려가 위협을 가했다더라, 운전기사만 있는 줄 알고 탔는데 앞자리에 누군가가 숨어 있었다더라……. 짐을 다 빼앗겼다는 이야기는 애교로 들렸다. 어차피 나는 여행도 마쳤으니 짐쯤이야 택시 기사에게 줘 버려도 상관이 없었다.

내가 서 있는 곳은 문을 닫은 슈퍼마켓 앞이었다. 나는 혹시나 해서 문을 두드려 보았지만 아무도 없었다. 20분쯤을 그 자리에 앉아 누군가 지나가기를 기다렸고, 또 20분쯤은 주변에 문을 연 가게들이 있는지 둘러보았다. 그러고 나자 자포자기의 심정에 빠졌다. 아까 비행기가 착륙하는 걸 본

곳으로부터 얼마나 달려왔지? 여기서부터 걸으면 얼마나 걸릴까? 내 사정을 들으면 항공사에서 다음 비행기로 티켓을 바꿔 주지 않을까? 나는 힘없이 공항 쪽이라고 생각되는 방향으로 걷기 시작했다.

한 10분쯤 걷기 시작했을까? 뒤에서 빵빵거리는 소리가 들렸다. 뒤를 돌아보니 택시가 나를 향해 달려오고 있었다! 세상에, 그 순간에는 다른 무엇보다 택시가 가장 반가웠다. 나는 손을 도로로 뻗어 크게 흔들며 격렬하게 택시를 반겼다.

아무래도 사기를 당한 것 같지만 나는 택시 기사가 부르는 대로 요금을 지불하고 공항에 도착했다. 약속 시간보다 10여 분밖에 늦지 않았고, 나는 안전했으므로 남편에게는 이 이야기를 하지 않았다. 집으로 돌아가는 내내 잔소리를 듣기가 싫어서였다. 어쨌든 나는 멀쩡하게 공항으로 돌아왔으니까.

자, 그런데 내가 이제 와서 여러분들에게 이런 이야기를 하는 이유는 뭘까? 여행을 하다 보면 순식간에 상황이 위험해질 수 있다는 것을 알려 주기 위해서다. 눈 깜짝할 새에, 또는 불시에 안전하지 않다고 느끼는 상황이 여러분에게 다가올 수 있다.

돌아오는 비행기에서 아무것도 모르고 자는 남편을 옆에 두고 나는 여행 중 안전에 관한 몇 가지 체크 리스트를 작성했다. 다음의 체크 리스트는 어찌 보면 너무도 당연한 이야기이지만 우리가 여행을 하며 종종 놓치는 부분이기도 하다. 부디 다시 한 번 마음속에 간직해 두기를 당부한다.

1. 여행을 시작하기 전에 해당 지역 가운데 안전 문제로 방문을 삼가야 할 곳을 확인한다.

2. 중요한 여행 서류들은 한 부 복사하여 원본과 따로 보관해 둔다. 나의 경우 여권은 금고에 넣어 두거나, 자물쇠를 채운 가방에 넣어 방에 두고 리셉션에 방 열쇠를 맡기는 편이다. 밖에서 소매치기를 당해도 피해가 크지 않고, 숙소가 털렸더라도 사본이 있으니 여권 발급이 수월하고, 숙소에 손해 배상을 청구할 수 있다.

3. 호텔에서 숙박할 때는 체크아웃을 할 때까지 호텔 금고를 이용한다. 아시아의 한 호텔에서 체크아웃을 하기 전에 조식을 먹으러 간 짧은 시간 동안 돈을 도둑맞은 적이 있다. 짐을 싸다가 조식 시간이 끝날 것 같아 식사를 하러 내려갔는데 그 틈을 타 하우스키퍼가 방에 들어온 것이다. 아직도 체크아웃을 하지 않은 방을 왜 청소했는지 이해가 가지 않지

만 어쨌든 그들은 쓰레기뿐만 아니라 내 돈까지 가져갔다. 다행히 체크아웃 전에 잔액을 확인하는 습관 덕분에 호텔을 떠나기 전에 그 사실을 알아차려 매니저에게 말하고 돈을 돌려받았다. 그 이후로는 호텔을 떠나는 순간까지 금고를 이용하고 있다.

4. 여자에게 유난히 친절한 나라나 도시에서는 그들의 호의를 너무 받아 줄 필요가 없다. 도도하게 행동하라. 주도권을 상대에게 넘겨 주면 나중에 무리한 요구를 거절하기가 힘들어진다.

5. 술을 마시다가 만난 사람과는 자리를 옮겨서까지 함께 하지 않도록 한다. 한잔 더 하러 가자고 말한다면 오늘은 피곤하니 내일 아침에 다시 만나자고 말하라.

6. 강도를 만났다면 돈이나 물건을 아까워하지 말고 내주어라. 빼앗기지 않으려고 실랑이하는 동안 크게 다칠 수도 있다.

7. 대중교통을 탈 때는 운전사에게 자신의 목적지를 꼭 인지시켜야 한다. 그 나라 언어로 목적지를 말할 수 없다면, 종이에 써서 보여 주는 것도 좋은 방법이다.

8. 될 수 있으면 관광객 티를 내지 않도록 유의한다. 지도를 펴볼 때에도 시내 한가운데보다는 눈에 띄지 않는 곳에서 조용히 펼쳐 보라. 또, 저녁때나 밤중에 부득이하게 현금 인출

기를 사용할 때에는 어둡고 외진 곳은 피한다. 가급적이면 필요한 현금을 낮 동안에 인출해 둔다.

9. 자신의 여행 일정을 다른 사람과 공유하는 것도 좋은 방법이다. 미리 정해 놓았다면 숙소까지 알려 주고 떠나는 것이 좋지만, 그렇지 않다면 언제 어디로 이동하고 얼마나 머물 것인지만이라도 공유하는 것이 좋다. 그러면 갑작스럽게 연락이 닿지 않더라도 지인들이 당신의 위치를 대략적으로 파악할 수 있을 것이고 좋지 않은 상황에서도 주변의 도움을 받을 수 있다.

안전을 위해 지켜야 할 체크 리스트는 여행지에 따라 다르게 구성될 수 있다. 오만은 다른 중동 지역에 비해 치안이 좋은 편으로, 강력 범죄도 거의 일어나지 않으며 남성들도 매너 있게 여성을 대하는 편이다. 개인적으로 오만의 수도 무스카트처럼 안전하다는 느낌이 들었던 곳은 좀처럼 찾기 힘들다. 오만의 남성들이 나에게 보여 준 예의 바른 태도는 다른 나라 남성들에 비해 극히 모범적이었다고 기억된다. 그 대신 오만에서는 이슬람 국가에서 적용되는 특정한 행동 규칙을 준수해야 한다. 여성들은 신체가 많이 드러난 옷을 입지 않는 것이 좋다. 또한 라마단(이슬람력으로 아홉 번째 달로,

이 기간 동안에는 금식을 함-역주) 기간에는 무슬림이 아니더라도 공공장소에서 먹고, 마시고, 담배를 피워서는 안 된다. 여행지에서는 그 나라의 문화적 관습에 맞게 행동해야 하는 것이 여행자가 지켜야 할 예의라는 것을 잊지 말자.

이상으로 여행 중 안전에 관한 경험과 다양한 팁을 소개했다. 그렇다고 해서 낯선 곳에 대해 필요 이상으로 불안감을 가질 필요는 없다. 일상생활을 하다가도 이보다 더 위험한 일이 생길 수도 있고, 여행을 하는 편이 집에 있는 것보다 더 안전할 수도 있으니 말이다. 당신의 마음속에 불안이 싹터 오면 침착하게 대처하라. 자신에 대해 확신을 갖고, 어떤 상황이 닥치더라도 멋지게 극복해 낼 수 있다고 스스로를 믿으라.

# 슬럼프 없이 여행을 마치고 싶은
## 당신이 꼭 알아야 하는 것

● ● ●

삶을 송두리째 다 잃지 않기 위해서
얼마간의 삶을 바치는 것은 당연하다.
– 알베르 카뮈

함께 여행할 때보다 혼자 여행할 때 더 신경 써야 하는 것
이 있다면 그것은 바로 심리적인 안정이다. 혼자 여행할 때
는 불친절한 현지인들의 태도에 쉽게 언짢아질 수도 있고,
상한 감정을 풀어 줄 사람이나 용기를 불어넣어 줄 사람이
없으므로 스스로 감정적으로 움츠러들지 않게 노력할 필요
가 있다. 특히 여행을 잘하기 위해서는 중간중간 몸과 마음
을 재충전하는 것이 중요하다. 나는 주로 숙소를 재충전의
장소로 활용한다.

혼자 여행을 다니기 시작한 초반에는 숙소에 별로 신경을

쓰지 않았다. 숙소에 들어가는 비용을 아껴서 맛있는 것을 하나 더 먹거나, 박물관을 한 번 더 가야겠다고 생각했다. 그러나 몇 번의 여행을 통해 여행에서 가장 중요한 것들 중 하나가 숙소라는 것을 깨달았다. 숙소 선택을 잘못할 경우 여행 자체를 망치는 경우를 많이 보았기 때문이다. 새로운 곳을 탐험하기 위해서는 최상의 컨디션이 필요하고, 최상의 컨디션은 안락한 숙소로부터 나온다.

고급 호텔에 머물러야 한다는 말이 아니다. 단지 하루를 묵더라도 숙소를 나의 안식처로 만드는 것이 중요하다는 것이다. 내가 묵는 숙소의 유형은 다양하지만, 그 안의 모습은 거의 비슷하다. 나는 새로운 숙소에 들어갈 때마다 마치 의식을 치르듯이 집에서 하는 것과 똑같은 행동을 한다. 낯선 공간이긴 하지만 이렇게 하는 것으로 쉽게 숙소에 적응할 수 있고, 집에서와 같은 포근함을 느끼기 때문이다.

이탈리아의 메라노 지역을 여행할 때는 이르마 호텔의 주니어스위트룸에서 묵었다. 이 책을 위한 집필 여행 중이었는데 집중해서 글을 쓸 곳이 필요했기 때문에 호텔을 예약했다. 호텔 방의 곳곳에는 이 책을 쓰는데 필요한 여러 가지 자료들이 놓여 있었고 욕실에는 화장품과 잡지, 기타 잡동사니들이 자리를 잡고 있었다. 스위트룸 거실 한복판에 위치한 소파 위에는 쉴 새 없이 다운로드가 진행되고 있는 노트북이 놓여 있었다.

인도의 아유르베다 클리닉에 머물렀을 때에는 상황이 매우 달랐다. 나는 7평방미터의 좁은 공간에서 지내게 되었다. 당시 나는 여행 블로그에 다음과 같은 글을 올려놓았다.

"코발람/인도 - 숙소를 잡았다. 아유르베다 힐링 프로그램이 개설되어 있는 아유쉬아 클리닉(Ayushya Clinic)은 코발람 비치와 가깝다. 힐링 프로그램에 관해 상담을 받던 중 외부에 숙소를 잡지 않고 클리닉 내에 있는 방에 머무는 것이 낫겠다는 생각이 들었다. 힐링 프로그램 담당 의사인 쌈부 박사가 나에게 "당신은 강한 사람이니까 어디에서든 잘 지낼 수 있습니다"라고 말했다. 내가 지내게 될 숙소에 대해 불평하지 말라고 미리 정신 무장을 시키려는 걸까? 내가 묵게 될 방은 관계자들의 말에 의하면 단 하나 남은 (아주 작은) 방이라고 한다. 방에 가 보니 침대와 텔레비전이 있다. 침대에는 깨끗한 시트가 깔려 있고 텔레비전에서는 영어방송이 나온다. 영어 실력을 향상시킬 좋은 기회인 것 같다. 또 한 가지 반가운 일은 클리닉 내에 무선 인터넷이 깔려 있다는 것이다. 심지어 내가 지내는 작은 방에서도 무료로 무선 인터넷을 사용할 수 있다!

이곳에 와서 나 자신에 대해 약간 놀랐다. 왜냐하면 나는 여태까지 내가 넓고 깨끗한 방을 선호한다고 생각했기 때문이다. 그런데 집을 떠난 지 14일째라 다소 피곤한 상태에서 순금으로 장식된 건물이 널려 있는 신흥 부국 두바이를 거쳐 상대적으로 열악한 환경의 인도에 도착했는데, 이상하게도 불편한 느낌이 없다. 이와 더불어 내 기대치 또한 아주 많이 낮아졌다. 아니, 기대를 쉽게 충족시킬 수 있다고 표현하는 편이 더 적합하겠다. 나는 앞으로 몇 주 동안 7평방미터의 아담한 방에서 분명 행복하게 지낼 수 있을 거라는 확신이 든다."

나는 이 두 숙소를 거치면서 중요한 것은 방의 크기나, 현대적인 시설이 아니란 것을 깨달았다. 숙소에서 가장 중요한 것은 안정감과 포근함이었다. 나는 이후에 선택한 모든 숙소를 다음과 같은 노력을 기울여 내 집으로 변신시켜 놓았다. 우선 숙소에 들어가면 열쇠나 열쇠 카드를 항상 텔레비전 옆에 놓아 둔다. 집에서 가지고 간 책은 침대 곁에 올려 두고, 텔레비전 리모컨은 나의 오랜 습관대로 침대 옆 테이블에 놓는다. 욕실에는 세면도구와 화장품을 집에서와 똑같은 순서로 배치하고 집에서 입는 것과 똑같은 소재의 바지와 스웨터로 갈아입는다.

이와 관련하여 권하고 싶은 일이 한 가지 있다. 바로 짐을 쌀 때 필요한 것들을 새로 구입하는 것보다 원래 가지고 있는 것들을 중심으로 챙겨 가라는 것이다. 익숙한 것들을 가지고 익숙한 행동을 하다 보면 기존의 감정, 예컨대 집에서 느끼는 편안한 감정을 불러일으킬 수 있다. 이와 같은 행동 방식을 '닻 내리기'라고 부른다.

여기에서 닻이란 우리 내면의 특정한 감정을 유발하는 외부 자극을 가리킨다. 누구든 손쉽게 익힐 수 있는 '닻 내리기'를 활용하면 자신의 의지에 따라 자신의 감정을 긍정적으로 조절할 수 있다. 때로는 한마디 말이 닻으로 작용할 수도 있다. 시각적, 청각적, 촉각적, 후각적 혹은 미각적 자극도 닻으로 작용하여 특정한 감정을 불러일으킬 수도 있다.

**시각적 닻** : 혼자서 여행을 할 때 안정된 느낌과 포근함을 느끼려면 자신에게 익숙한 것들을 활용하는 것이 좋다. 내 경우에는 늘 차고 다니는 손목시계를 침대 곁 테이블에 놓아 둔다. 눈에 익은 손목시계를 쳐다보기만 해도 마음이 편안해진다.

**청각적 닻** : 스마트폰에 편안한 상황에서 편안한 마음으로 들었던 익숙한 오디오 북이나 특별히 좋아하는 노래들을 저

장해 놓는다. 내가 가장 좋아하는 청각적 닻들을 낯선 숙소에서 들으면, 긴장이 풀리고 마치 집에 있는 것처럼 마음이 편안해지기 시작한다.

촉각적 닻 : 특정한 옷을 입으면 어떤 기분이 드는가? 피부에 닿는 천의 촉감이 느껴지는가? 혹은 행운을 가져다준다는 돌을 바지 주머니에 넣고 다니면서 기분이 좋아지는 것을 느끼는가? '행운을 가져다준다는 돌'과 같은 물건들은 당신 스스로가 특정한 기능을 결부시켜 '닻 내리기'의 효과를 체험하기에 적절한 예다.

후각적 닻 : 나는 세계 어디를 가든 항상 '나르시소 로드리게즈(Narciso Rodriguez)'라는 향수를 뿌리고 다닌다. 이는 내가 날마다 사용하는 후각적 닻이다. 이 향수를 사용한 지도 벌써 8년이 되었다. 또한 집에서나 여행 중에 내가 행하는 중요한 의식 중 하나는 생강과 계피에 이국적인 향신료가 가미된 마살라 차이 티를 끓이는 것이다. 아침마다 차를 끓이고 독특한 차향을 맡을 때면 어느새 포근한 집이 주는 기운이 느껴진다.

미각적 닻 : 내가 좋아하는 마살라 차이 티의 맛 또한 나에게 편안한 마음을 선사해 주는 닻이다. 마살라 차이 티의 계피와 생강의 맛은 이 세상 어디를 가든 나에게 내 집을 느끼

게 해 주는 닻이다.

일상생활을 하면서 무엇이 당신의 마음을 마치 고향에 있는 듯 편안하게 만들어 주는지 파악해 두면 여행을 할 때 도움이 된다. 안정감을 주는 데는 닻으로 사용할 수 있는 특정한 물건과 여행 용품뿐만 아니라 반복적인 행동도 효과가 있다.

여행의 목적지는 매번 달라져도 여행을 꾸려가는 사이사이에 반복적인 행동들을 집어넣을 수가 있다. 나의 경우 빈과 베를린을 오가는 비행기를 탈 때마다 좌석번호가 7C인 좌석에 앉는다. 나는 이 좌석이 마음에 든다. 그 정도면 음료수를 일찍 제공받을 수 있고, 너무 앞쪽이 아니어서 에어컨 바람을 바로 맞지 않아서 좋다. 좌석번호 7C는 좌측 열의 통로 쪽 좌석이다. 나는 창가 쪽에 앉으면 답답한 기분이 들기 때문에 통로 쪽 좌석을 더 좋아한다. 좌측 열 좌석에 앉으면 비행기가 베를린 공항에 착륙할 때 베를린 방송탑이 한눈에 내려다보인다는 장점도 있다. 베를린 방송탑의 반짝이는 불빛을 보면 몸은 아직 비행기 속에 있지만 이미 집에 도착했다는 느낌이 든다.

또, 여행을 할 때마다 가지고 다니는 사무용 가방 속에 특정한 물건들을 넣는 칸을 정해 놓았다. 장거리 비행에 필요한 잡다한 물건과 여권을 넣어 두는 작은 가방에도 각각 정해진 자리가 있다. 이렇게 여행을 할 때마다 모든 물건을 같은 자리에 넣고 다니기 때문에 물건을 찾느라 시간을 허비하지 않는다. 그리고 아시아로 여행을 떠날 때에는 도착하자마자 마사지를 받는다. 마사지를 받고 나면 마음이 편안해져서 낯선 대륙에 좀 더 빨리 적응할 수 있기 때문이다.

이 모든 것은 내가 여행 중에 즐겨 행하는 습관적 의식이다. 혼자서 여행을 하는 동안 몇 번의 실험을 거치면 어떤 의식이 자신에게 바람직하며, 어떤 의식이 단지 나쁜 습관에 불과한지 쉽게 알아낼 수 있다. 의식하지 못했지만 여행을 갈 때 특별히 즐겨 입는 옷이 있었는지 생각해 보거나, 기내에서 무엇을 할 때 가장 덜 지루한 느낌이 들었는지 떠올려 보는 것도 좋은 방법이다.

저녁에 낮에 찍은 사진을 들여다보며 하루를 되짚어 본다거나, 아침에 상쾌한 공기를 마시며 산책을 하는 식으로 새로운 자신만의 습관을 만들 수도 있다. 내 친구는 자신이 자주 이용하는 공항의 편의 시설을 둘러보다가 탑승 게이트 앞에 있는 카페에서 커피를 사 마시는 것을 자신의 의식으로 정하기도 했다.

여행을 하다가 어떤 의식을 행하면 좋을지 아이디어가 떠오르는가? 어디에 있건 상관없이 반복적으로 행할 때 마음이 편안해지고 안정감이 들 것 같은 행동은 무엇인가? 남들이 사소한 것이라고 놀리더라도 상관없다. 당신의 마음이 편안하다면 그걸로 됐다.

아무리 좋은 여행지라도 그것을 받아들일 준비가 되어 있지 않으면 아무런 감흥을 느낄 수 없다. 신경을 곤두세우고 두려움에 가득 찬 눈으로 주변을 둘러보면 세상은 위험투성이일 뿐이다. 완벽한 컨디션으로 멋진 여행을 하고 싶다면 안정된 마음 상태를 유지하는 것에 신경 쓰도록 하라.

## 사진보다 더 생생하게 여행을 기억하게 하는 글쓰기

● ● ●

지혜란 받는 것이 아니다.
그 누구도 대신해 줄 수 없는 여행을 한 후,
스스로 지혜를 발견해야 한다.
- 마르셀 프루스트

슬프게도 여행에서 돌아오자마자 여행에 대한 망각은 시작된다. 일상으로 돌아와 일주일만 지나면 언제 여행을 다녀왔나 싶다. 아르헨티나의 이과수 폭포를 마주했을 때 느꼈던 자연에 대한 경외감이나, 노르웨이 캠핑장에서 깨달은 아름다운 자연이 주는 평화로움은 도시의 빌딩 숲을 가로지르며 매일 출근과 퇴근을 반복하는 동안 점점 그 빛을 잃어간다. 절대 잊지 못할 거라고 생각했던 강렬한 경험도 생각보다 금방 힘을 잃고 만다. 조금 더 간직하고 싶은데, 더 기억하고 싶은데 안타깝게도 여행의 순간들은 손에 쥔 모래처럼 스르르 빠져나간다.

내 생각에 여행에서 느꼈던 감정들이 쉽게 잊혀지는 것은 일상에서 그와 같은 경험을 다시 반복할 수 없기 때문이다. 여행을 하는 동안에는 일상에서 억눌려 있던 모든 감각들이 깨어나 오감이 확대된다. 그래서 우리는 더 크게 감탄하고, 더 열정이 넘치고, 더 많이 기뻐하고, 더 쉽게 경악한다. 그런데 여행에서 돌아오면 반복적으로 돌아가는 일상생활에 감각들이 잠들어 버리기 때문에 여행에서 느꼈던 감정들을 다시 느끼기 어렵게 된다. 결국 그 감정들은 일회성에 그치게 되고, 반복되지 않는 감정이나 기억은 쉽게 잊혀진다.

그래서 나는 여행의 유통 기한을 늘리기 위해서는 당시의 생각이나 감정을 잘 간직하고 자주 꺼내 보는 것이 중요하다고 생각한다. 그리고 기억을 가장 효과적으로 간직하는 방법은 글쓰기라고 생각한다. 무엇이든 잊지 않으려면 기록을 해야 한다. 사진으로 남기는 것도 좋은 방법이지만 사진에는 나의 생각과 느낌을 담을 수가 없기 때문에 한계가 있다. 멋진 문장으로 쓰지 않아도 된다. 간단하게 목적지, 이동시간, 먹었던 음식, 지냈던 숙소를 적고 짧게라도 그날의 날씨와 맡았던 냄새, 촉감, 대단하지는 않지만 그 순간에 들었던 생각 등을 적는 것으로 충분하다. 여행에 돌아와서 이 글들을 읽어 보면 마치 내가 다시 그 시절 그곳으로 돌아간 것 같은 느낌이 든다. 글로 남김으로써 그때의 감정이 사라지지 않고 생명력을 얻어 유지되는 것만 같다.

글로 남기는 것을 추천하는 이유는 기록이 그 자체로도 의미가 있지만 쓰는 동안 그 경험에 대해 다시 한 번 생각하게 해 체험의 의미를 발견할 수 있게 하기 때문이다. 글을 쓰는 동안 우리는 감정과 사실을 구분할 수 있고, 감정의 이유를 성찰할 수 있다. 경험이 경험으로만 그친다면 그 경험이 아무리 특수한 것이라 할지라도 무용지물이 되고 만다. 경험이 값지려면 경험에서 비롯한 하나의 성찰이 있어야 한다.

같은 경험을 한다 해도 모두가 동일한 수준의 성장을 이루는 것은 아니다. 사람마다 받아들이는 방식도 다르고 삶에 주는 영향도 다르다. 어떤 사람들은 자신에게 다가온 경험들이 아무런 흔적도 남기지 못하고 스쳐 지나가게 내버려 두고는 한다. 자신의 경험을 긍정적으로 소화해 내기 위해서는 체험한 것에 만족하지 않고 경험을 곱씹는 별도의 시간을 가져야 한다. 아무리 재미있는 책을 읽어도 그 이야기에 대해 다시 생각해 보지 않으면 쉽게 내용을 잊어버리듯 경험들을 성찰하기 위한 시간을 갖지 않으면 경험의 효용은

휘발되어 버린다. 미국의 철학자이자 교육학자인 존 듀이가 "사고(思考)라는 요소를 전혀 내포하지 않고 의미를 가진 경험이란 있을 수 없다"라고 말한 이유가 바로 이 때문이다.

자신이 겪은 일을 돌아보고, 생각을 정리하여 글을 쓰는 과정은 내면을 성찰하는 좋은 방법이다. 나는 특히 여행 중에 별도로 시간을 내어 스스로의 생각을 정리하는 것이 무척 효과적이라고 생각한다. 여행은 평상시보다 자신의 생각에 좀 더 솔직하게 반응하게 하고, 자신의 가장 좋은 동반자가 되어 스스로에게 귀를 기울이게 만든다. 그래서 여행을 할 때마다 만년필을 가지고 다니며 글 쓰는 시간을 확보하는 것을 중요하게 생각한다. 여행지에서 글을 쓰는 시간은 외부로부터 모든 정보가 차단되어 있는 상태에서 이미 내가 체험한 것들을 내면적으로 정리하고 소화시킬 기회를 제공한다. 그래서 나는 매일 아침 적어도 30분 동안 자리에 앉아 생각을 쓰려고 한다. 아침 일찍 머릿속에 떠오른 생각들을 적어 내려가는 과정은 머리를 정화시키는 생각의 신진대사 과정과도 같다. 나는 여행에서 보고 듣고 느끼고 생각하는 것 외에도 머릿속에 떠다니는 여러 생각들을 종이에 적는다.

글쓰기로 내면을 성찰하는 방법은 매우 간단하다. A4 용지 한 묶음 또는 노트를 구입하여 가능하면 아침 시간에 자신의 머릿속에 있는 생각을 한 쪽 이상 적는 것이다. 글을 쓰다 보면 대개는 중심이 되는 주제가 있지만, 서로 다른 여러 주제에 대한 생각을 쓸 수도 있다. 상관없다. 여러 가지 생각이 반복되는 것에 당황하지 말고 그저 글로 표현하는 것에 집중하면 된다.

나는 여행 마지막 날 아침에 여태까지 쓴 글들을 바탕으로 내가 실현할 수 있는 목표를 세워 보고는 한다. 그리고 집으로 돌아온 후에도 여행 중에 쓴 글들을 여러 번 읽는다. 감상과 반성이 글로 남았기 때문에 그때의 다짐과 생각을 쉽사리 잊거나 외면할 수 없다. 나는 이를 바탕으로 내가 앞으로 살면서 이루고자 하는 것, 혹은 해 보고 싶은 일들을 구상하고 실현하기 위해 노력한다.

독일의 철학자 니체는 여행하는 자세에 따라 여행자를 다섯 등급으로 분류했는데 그중 최상급 여행자를 세상을 직접 관찰하고, 자신이 체험한 것을 집에 돌아와 생활에 반영하는 사람으로 꼽았다. 최상급 여행자가 되기 위해서는 자신의 경험을 의식화하고 그것으로부터 의미를 찾아내며 현실에서 반복 실천함으로써 경험을 체화하는 일이 필요하다. 그는 여행으로 습득한 모든 지혜를 살아가는 동안 남김없이 발휘하는 일이 쉽지 않기 때문에, 최상급 여행자는 극소수에 불과하다고 말했다.

나는 여행자들이 글을 쓰는 일을 게을리하지 않는다면 모두 최상급 여행자가 될 수 있다고 믿는다. 글쓰기가 혼자서 여행을 하는 동안 가질 수 있는 자기 성찰의 기회, 내면적으로 단단해질 수 있는 기회를 놓치지 않도록 도와주기 때문이다. 일상으로 돌아와서도 여행지에서 깨달은 것과 결심한 것들을 잊지 않고 지켜 나가고 싶다면 지금 당장 가방에 노트와 연필을 챙겨라.

## Chapter 5

**홀로 여행을 떠나 본 사람만이 무엇이 소중한지 알 수 있다**

# 일상에서도 여행자처럼 자유롭게 사는 법

칠레를 여행할 때 배낭을 잃어버린 여행자를 만난 적이 있
었다. 장거리 버스를 타서 피곤한 몸으로 터미널 의자에 앉
아 신발 끈을 고쳐 매는 사이에 누군가 옆에 두었던 배낭을
들고 갔다는 것이다. 그나마 여행할 때 꼭 필요한 여권이나
돈은 메고 있던 보조 가방에 들어 있어서 다행이었다. 덕분
에 그는 어찌어찌 여행을 이어 나가고 있었다. 짐을 잃어버
린 지 2주 동안 그가 산 것은 세면도구와 속옷, 바지와 티 한
벌이 전부였다.

"짐도 없이 어떻게 여행을 했어요?" 깜짝 놀라 묻는 내게

그는 말했다. "생각보다 여행에 많은 짐이 필요하지 않더라고요." 이것도 필요하고, 저것도 필요할 것 같아 그 무거운 것들을 등에 짊어지고 다녔는데 없어지고 나니 없는 대로 여행이 가능하다고, 오히려 지금 가지고 있는 것만으로도 충분한 것 같다고 말했다. 그의 이야기를 들으며 나는 넘치는 짐들 때문에 지퍼를 잠글 때마다 한바탕 씨름을 벌여야 하는 나의 캐리어를 생각했다.

여행자는 한 번쯤 자신의 가방에 대해 생각하게 된다. 차마 일상에 내버려 두고 오지 못한 것들이 한가득 들어가 있는 나의 가방. 짐을 챙길 때는 없으면 안 될 것 같은 정예 부대만 잘 챙긴 것 같은데 여행 마지막 날이 되면 한 번도 쓰지 않은 물건들이 속출한다. 그래서 늘 여행을 마치고 돌아올 때면 힘겹게 붙잡고 있는 것들을 놓아 버리고, 딱 내가 짊어질 수 있는 무게만큼만 짊어지고 살아야겠다는 생각을 한다.

나는 일상에 돌아오면 심플하게 삶을 정리해야겠다는 의욕에 불타오른다. 나도 모르는 사이 켜켜이 쌓여 온 거추장스러운 짐들을 솎아 내고 삶에 여유를 주고 싶은 마음이 생긴다. 그럴 때 내가 첫 번째 정리 대상으로 선택하는 것은 바로 물건들이다.

먼저 오랫동안 사용하지 않은 물건은 무엇이고 반복적으

로 사용하는 것은 무엇인지 구별해 본다. 어떤 물건이 더 이상 필요하지 않은지, 어떤 물건은 오래되었어도 여전히 필요한지를 살펴보는 것이다. 아마 당신은 몇 년째 안 입는 옷이나 언제 샀는지 기억도 나지 않는 오래된 잡지를 발견할 것이다. 또는 몇 년째 같은 자리에 있는 책장이 제 구실을 못하고 한쪽에서 자리만 차지하고 있다는 사실을 깨달을 수도 있다.

그런가 하면 아무리 둘러봐도 뭘 버려야 할지 결정하지 못할 때도 있다. 이럴 때 짐을 줄이는 가장 빠른 방법은 공간을 줄이는 것이다. 며칠 전 티비 프로그램을 통해서 보았던 한 가족이 바로 그런 깨달음을 얻은 사람들이었다. 그들은 방이 7개에 지하실과 마당, 차고가 딸린 이층집을 팔고 방 3개에 지하실만 있는 일층집으로 이사하기로 결정을 내렸다. 맞벌이 부부에 세 자매로 구성된 이 가족은 너무 큰 집 때문에 서로 얼굴을 보는 시간이 적었다. 부부가 아이들과 시간을 보내려고 일찍 집에 돌아와도 아이들은 모두 자기 방에서 시간을 보내기 일쑤였다. 각자의 공간에서 보내는 시간이 많아지다 보니 서로가 무슨 일을 하고 있는지 최근 어떤 일을 겪었는지 모르는 때가 부지기수였다. 결국 부부는 가족이 함께 있는 시간을 만들고자 아이들의 방학 기간 동안

차로 미국을 횡단하는 여행을 추진했다. 작은 차 안에서 한 달 동안 함께 생활하며 싸우기도 많이 싸웠지만 서로에 대해 더 많은 것을 알게 되었다. 자신들이 생활을 하는 데 그렇게 많은 것이 필요 없다는 것도 깨달았다.

그런데 작은 차에서 큰 집으로 다시 공간이 바뀌자 옛날처럼 대화가 사라지고 불필요한 것들이 쌓여 갔다. 부부는 결단을 내릴 때라고 생각했다. 그래서 가족을 갈라놓는 넓은 집이 아니라 얼굴을 마주 보고 함께 생활할 수 있는 작은 집으로 이사 가기로 결정했다. 행복하게 사는 데 이렇게 큰 집이 필요 없다는 것을 여행을 통해 깨달은 것이다.

물질적인 짐을 다 정리했다면 그다음은 인간관계에 대해 고민해 볼 차례이다. 당신을 힘들게 만드는 사람과의 관계를 억지로 이어 갈 필요는 없다. 당신에게 선의를 갖고 있지 않은 사람과의 관계 역시 마찬가지다. 우정이 성숙하게 자라려면 두 사람이 함께 시간을 보내는 동안 서로를 위하고 서로에게 좋은 영향을 주는 조화로운 쌍방관계를 이루어야 한다.

당신이 열차를 타고 인생이라는 여행을 한다고 상상해 보자. 열차 한 칸에 당신이 함께 여행을 하고 싶은 사람들을 골라서 태울 수 있다면 여러 친구들 가운데 어떤 친구들을 태우고 싶은가? 어떤 성격의 사람들을 태우고 싶은가? 이 질문에 대답을 하다 보면 필요할 때만 당신을 찾는 친구 혹은 어쩐지 믿음이 가지 않는 친구에게 내어 줄 자리가 없다는 점이 분명해진다.

예를 들어 당신에게 만날 때마다 불평을 늘어놓으며 당신의 에너지를 소진시키면서도, 몇 년 전부터 당신의 말은 귀담아듣지도 않고 당신이 거둔 성공을 함께 기뻐해 주지도 않는 친구가 있다고 가정해 보자. 이 친구를 만나고 온 날은 마치 당신 몸속의 에너지가 전부 빠져나간 것 같은 느낌이 들 것이다. 자신이 져야 할 삶의 짐 때문에 당신을 힘들게 하면서도 당신의 작은 짐은 한 번도 함께 들어 준 적이 없는 친구다. 열차가 역을 출발하여 당신의 삶의 여정을 향해 나아가려 할 때, 이 친구는 승강장에 놔두고 가는 편이 당신에게는 훨씬 낫다.

관계를 쉽게 정의할 수 없는 친구들과는 자연스러운 분위기 속에서 진지한 이야기를 나누어 보면 답을 알 수 있다. 삶의 의미든, 삶의 태도든, 사회를 바라보는 자세든 진지한 문제에 관해 대화를 나누다 보면 각자가 지향하는 삶의 방향이 확실하게 드러나기 마련이다. 이렇게 이야기를 하다 보면 열차에 태우고 싶지 않은 친구뿐만 아니라 당신의 삶을 충만하게 해 주고, 새로운 활력을 불어넣어 주고, 멋진 순간을 함께 나누고 싶은 친구 또한 발견하게 될 것이다. 우정은 나무를 키우는 것과 똑같다. 한정된 토지에 너무 많은 나무를 심으면 나무가 크게 자라지 못하듯이 너무 많은 친구를 사귀면 우정 또한 크게 자라지 못한다. 나무도 우정도 크게 자라기 위해서는 적절한 가지치기가 필요한 법이다.

　마지막으로 가장 어려운 짐이 남아 있다. 어쩌면 당신은 자신의 천성에도 맞지 않고 현재 당신 삶의 여건에도 맞지 않는 타인의 걱정거리나 두려움, 혹은 절망을 스스로 짊어지고 있을지도 모른다. 또는 우리가 이 세상에 태어나 제일 먼저 만나게 되는 가정에서 습득한 어떤 선입견이 삶의 걸림돌이 되어 발전을 방해하고 있을지도 모른다. 그래서 우리는 정신적인 짐을 정리할 필요가 있다. 우리는 주변에서 정신적인 짐을 몇 년 동안 짊어지고 다니는 사람들을 쉽게 볼 수 있다. 이런 짐을 벗어 버리기 위해서는 자신의 내면의 아픔을 치유하고 새로운 해법을 찾아야 한다. 당신의 마음속에서 오랫동안 자리 잡고 있던 편견이나 두려움, 걱정 가운데 이제 과감하게 떨쳐 내야 할 것은 무엇인가? 당신의 몸에 밴 행동 양식 가운데 더 이상 필요가 없어진 것은 무엇인가?

우리 자신에 대한 이미지는 유년에 형성된 경우가 많다. 우리는 그때보다 더 많이 성장했고 더 많은 것을 할 수 있게 되었다. 우리는 스스로에 대해 다시 생각하고 잘못된 편견들을 덜어 내야 한다. 혼자서 여행을 하는 동안 자신의 내면을 찬찬히 들여다보고, 자신의 행동 양식 가운데 현재 자신의 상황과는 어울리지 않는 해묵은 것을 찾아보라. 혹은 타인에게서 그대로 넘겨받아 당신과는 애초에 전혀 어울리지 않는 행동 양식을 찾아 보라. 그리고 오래전부터 타인을 위해 대신 짊어 온 두려움과 걱정, 절망이라는 해묵은 짐에서 벗어나라. 그리고 그 대신 당신이 앞으로 살면서 필요로 할 것들을 준비하라. 마음을 편안하게 먹고 당신의 손발을 묶고 있던 여러 제약들로부터 해방되어라.

영화 〈쇼생크 탈출〉에는 이런 대사가 나온다. "두려움은 너를 포로로 붙잡아 두지만, 희망은 너를 자유롭게 할 것이다." 손에 쥐고 있는 것들을 놓는 것을 두려워하지 말라. 더 많이 가질수록 신경 써야 할 것들이 늘어날 뿐이다. 여행지에서처럼 꼭 필요한 것들만 가지고 살아갈 때 우리는 일상에서도 여행자처럼 자유로워질 것이다.

## 외롭고 막막한 삶을 유쾌하게 바꾸는
## 여행의 지혜 A to Z

● ● ●

여행은 인간의 정신을 고귀하게 만들어 주며,
모든 선입관을 없애 준다.
– 오스카 와일드

대부분의 사람들은 여행을 마치고 돌아올 때 주변 사람에게 줄 기념품을 가지고 온다. 멀리 떨어져 있는 여행지의 느낌을 전해 줄 작은 물건이나 다른 나라의 독특한 문화를 느끼게 해 주는 과자 등이 단골 메뉴이다. 그렇다면 우리 자신을 위한 선물로는 무엇을 챙겨 올까? 특별히 무언가를 사지 않아도 자신을 찾기 위한 혼자만의 여행을 마친 사람들이 챙겨 오는 기념품은 생각보다 훨씬 다양하다.

A : 솔직함(Aufrichtigkeit), 진정성(Authentizität) 여행을 할

때는 훗날 일을 생각해서 적당히 좋은 척을 하거나 스스로를 포장하기 위해 거짓말을 할 필요가 없다. 자신의 모습 그대로 행동하면 되고, 다른 사람들 또한 당신의 모습 그대로를 받아들인다. 스스로에 대해 숨김이 없게 되니, '솔직함' 또한 예전보다 커진다. 일상에서 쓰고 있던 가면을 벗고 본래의 나로 행동함에 따라 '진정성'도 얻게 된다.

B : **열정**(Begeisterung) 여행을 하면서 새로운 환경에 노출되면 일상에 억눌려 있던 열정이 깨어나곤 한다. 삶에 대한 열정이나 하고 있는 일 또는 하고 싶은 일에 대한 '열정'이 내면에서부터 끓어오른다.

C : **기질**(Charakteranlage) 우리는 살면서 우리가 속한 집단과 사회에 맞게 사회화가 된다. 그 과정에서 우리 자신의 타고난 특성, 즉 기질은 모습을 감출 때가 많다. 그런데 혼자 여행을 하면 숨겨져 있던 이 '기질'이 모습을 드러낸다. 여러 돌발 상황과 새로운 상황에 처했을 때 자신이 어떻게 행동하고 반응하는지 유심히 관찰해 보라. 자신의 성향에 대해 알 수 있을 것이다.

D : **감사하는 마음**(Dankbarkeit) 처음 여행을 떠나 깨닫게 되는 것 중 하나는 일상이 지루하리 만치 반복적으로 흘러가기 위해 얼마나 많은 사람들이 우리의 곁에서 노력하는지

알게 되는 것이다. 낯선 곳에서 혼자 고군분투하다 보면 평소에 불만을 가지고 있었던 생활 환경이나 섭섭한 마음을 가지고 있던 주변 사람들에게 '감사하는 마음'을 갖게 된다.

E : 결단력(Entschlussfähigkeit) 혼자만의 여행을 마치고 집으로 돌아와 일상생활을 해 보면 자신이 예전보다 결정을 훨씬 수월하게, 훨씬 빨리 내린다는 사실을 알게 될 것이다. 게다가 예전과 달리 다른 누구도 신경 쓰지 않은 채 자신이 원하는 방향으로, 자신에게 가장 유리한 결정을 당당하게 내리게 된다. 혼자서 여행할 때 수많은 결정을 직접 내렸기 때문이다. 여행에서는 어느 누구도 당신 대신 결정을 내려주지 않으며, 결정에 대한 책임을 대신 떠맡지도 않으므로 당신의 '결단력'이 신장된다. 당신 자신을 발견해가고, 자신에게 가장 좋은 결정을 당당하게 내려 보라!

F : 융통성(Flexibilität) 계획을 아무리 철저하게 짰더라도 여행지에서 계획이 무용지물이 되는 경우는 허다하다. 자신과의 여행을 하면서 돌발 사고에 대처하고, 상황에 따라 적절하게 일을 처리하는 과정에서 당신의 '융통성' 또한 커질 수 있다.

G : 즐길 수 있는 능력(Genussfähigkeit) 우리는 여행 중에 종종 일상에서 절대 하지 않을 것 같은 일탈 행동을 할 때가

있다. 흥에 취했기 때문이다. 자신을 가둬 두는 많은 제약에서 벗어나 순수하게 '즐길 수 있는 능력' 역시 여행이 주는 선물이다.

H : **남을 돕고자 하는 마음**(Hilfsbereitschaft) 혼자서 여행을 할 때는 정말 많은 사람들의 도움을 받는다. 처음 보는 여행자가 동병상련의 마음으로 도와주기도 하고, 여행지의 현지인이 선의를 가지고 호의를 베푸는 경우도 있다. 당신은 여행을 하면서 당신을 돕고자 하는 사람과 여러 차례 마주칠 것이다. 이러한 경험을 하고 나면 당신 역시 '남을 돕고자 하는 마음'이 저절로 들 것이다.

I : **직관**(Intuition) 여행 중에는 상황을 충분히 고려해 판단을 내릴 수 없을 정도로 긴박한 상황에 처하게 될 때가 비일비재하다. 이때는 우리의 '직관'에 집중해야 한다. 기업의 최고 경영자 중에 자신의 직관에 따라 결정을 내렸을 때 최고의 결과를 경험한 사람들이 많은 것처럼 직관에는 이성적인 사고가 갖지 못한 어떤 힘이 숨겨져 있다. 당신이 평소 논리적인 사람이었다면 여행은 직관적 판단을 내리는 연습을 하기에 아주 좋은 시간이 될 것이다.

J : **젊음**(Jugend) 세계적인 동화 작가 안데르센은 "나에게 여행은 정신의 젊음을 되돌려 주는 샘물이다"라고 말했다.

여행을 통해 새로운 세상을 발견하는 즐거움과 도전 정신을
회복하게 되면 자연스레 우리의 생각도 '젊음'을 회복하게
될 것이다.

K : 힘을 북돋아 주는(Kräftigung) 강장제 여행이 끝난 뒤에
여행은 그 자체로 선물이 된다! 당신이 삶에 지치거나, 의욕
을 잃었을 때 여행의 기억은 당신에게 '힘을 북돋아 주는 강
장제'의 역할을 할 것이다. 생각만으로도 기력이 회복되는
추억을 간직하게 되는 것이다.

L : 해법지향적인(Lösungsorientiertheit) 사고 자신과의 여
행을 마치고 집으로 돌아오면 화를 내거나 불평하는 횟수가
예전보다 훨씬 줄어들 것이다. 여행을 하면서 화를 내거나
불평을 하는 것이 얼마나 의미 없고 부질없는 일인지 깨닫
게 되기 때문이다. 혼자 여행할 때는 짜증을 내도 아무 소용
이 없고, 불평을 해도 문제가 해결되지 않기 때문에 스스로
가 해법을 찾아내야만 한다. 우리가 혼자 여행을 하는 동안
'해법지향적인 사고'를 끊임없이 훈련할 수 있는 이유다.

M : 용기(Mut) '용기' 또한 당신이 자신과의 여행을 성공
적으로 마치고 얻는 멋진 기념품 가운데 하나다. 혼자 여행
을 떠난 것 자체도 큰 용기가 필요한 일인데, 스스로 그 여행
을 꾸려 가면서 당신이 얼마나 용감한 사람인지 깨닫게 될

것이다.

N : **호기심**(Neugier) 자신이 살던 곳과 완전히 다른 문화권으로 여행을 가게 되면 여행자들은 마치 아이가 된 것처럼 호기심이 넘친다. 이곳에서 벌어지는 놀라운 일에 대해 무척 관심이 많아지고, 세상에 대해 알고 싶은 마음이 커진다. 어른이 되면서 잃어버렸던 탐구심과 '호기심'을 회복할 수 있는 가장 좋은 방법은 여행을 떠나는 것이다.

O : **정리의**(Ordnen) **시간** 여행 기간 동안 당신은 자신이 짊어진 불필요한 짐에 대해 깨닫게 될 것이다. 그리고 이 가운데 어떤 짐을 계속 짊어지고 갈 것인지, 어떤 짐을 던져 버릴 것인지 '정리하는 시간'을 가질 것이다. 여행을 마치고 돌아와 불필요한 짐은 더 이상 필요 없게 된 배낭처럼 과감하게 던져 버리고, 정돈된 삶을 살도록 하라!

P : **책임감**(Pflichtgefühl) 홀로 여행을 하다 보면 '책임감' 또한 신장된다. 당신이 정한 여행 목적지에 실제로 무사히 도달하는 것 자체가 스스로에 대한 책임이기 때문이다. 여행에서는 모든 것이 자신의 선택과 결정으로 이루어진 일이기 때문에 아무도 탓할 수 없고 그 결과를 스스로 짊어져야 한다. 이 과정에서 당신의 책임감 또한 강해질 것이다.

Q : **감정의 근원**(Quelle) 당신은 자기 감정의 근원지를 알

고 있는가? 슬픔, 기쁨, 환희, 분노, 좌절의 감정들을 유발하는 '감정의 근원' 말이다. 이를 발견할 수 있는 사람은 오직 당신 자신뿐이다. 이를 알 수 있는 가장 좋은 방법은 일상에서 벗어나 자신을 찾는 여행을 떠나는 것이다. 혼자만의 여행을 떠나 자기 자신과 시간을 가지면 자신이 무엇 때문에 슬퍼지고, 무엇 때문에 기뻐지는지 알 수 있게 될 것이다.

R : **마음의 평화**(Ruhe) 당신이 여행을 다녀온 뒤라면 지금 한번 생각해 보라. 출발 전과 달리 마음에 평화가 찾아오지 않았는가? 복잡한 일상에서 벗어나 평온한 곳에서 충분히 휴식을 취하고 나면 마음에 '평화'가 깃든 것을 느낄 수 있을 것이다.

S : **자아실현**(Selbstverwirklichung) 자신을 찾아 떠나는 여행을 마치고 얻는 기념품 중에 내가 가장 값지게 생각하는 것은 '자아실현'이다. 우리는 여행을 통해 자신을 인식하고 자신의 가치를 증명해 보이며 새롭게 자의식을 확립해 간다. 그리고 이 과정을 통해 내면에 잠재되어 있던 자아의 본질을 실현해낼 수 있는 기회를 갖게 된다.

T : **자신에게 맞는 삶의 속도**(Tempo) 홀로 여행하는 사람에게 하나의 기회이자 과제이기도 한 것은 여행을 하는 동안 자신에게 맞는 '삶의 속도'를 찾는 것이다. 여행 가이드가

정한 일정에 따라 움직이는 것도 아니고 동반자가 옆에서 당신의 이동 속도를 늦추거나 재촉하는 것도 아니기 때문에 우리는 자신의 성향에 가장 잘 맞는 속도로 여행을 할 수 있다. 자신에게 가장 잘 맞는 속도를 찾았다면, 여행에서 돌아온 뒤에도 삶의 속도에 이를 적용시킬 수 있다.

U : **독립성**(Unabhängigkeiten) 자신과의 여행을 성공적으로 마치고 돌아오면 '독립성' 또한 강화된다. 함께 여행을 떠날 파트너를 구할 때까지 기다릴 필요 없이 언제라도 자신에게 적절한 시점에 자신의 속도에 맞추어 여행을 떠날 수도 있고, 다른 사람의 의사와는 상관없이 여행 목적지를 결정할 수도 있다. 이는 대수롭지 않게 여겨질 수도 있지만 꽤 중요한 일이다. 여행을 하는 사람들 가운데에는 자신의 삶의 여정에 도달하기 위해 떠나는 것이 아니라, 그저 사람들과 함께 하기 위해 발걸음을 내딛는 이들이 너무나도 많다. 혼자 여행으로 한층 강화된 독립성을 지니게 된 당신은 앞으로 이들과 달리 당신의 성장을 도와주는 여행을 하게 될 것이다.

V : **상처의 치유**(Verwachsung) 자신과 함께 여행하는 날이 하루하루 지나갈수록 당신은 스스로에 대해 더 많은 것을 이해하게 될 것이다. 자신이 어떤 생각을 하고 행동하는지

더 깊이 알아 갈수록, 스스로를 어떻게 대해야 할지도 더 잘 알게 될 것이다. 그리고 이 과정에서 자신 내면에 있던 상처가 '아무는 것'을 경험하게 될 것이다.

W : 내면적 성장(Wachsen), 세상을 바라보는 넓은 안목(Weitsicht) 자신과의 여행 동안에는 스스로의 내면을 성찰할 수 있는 시간이 많다. 이 시간들을 충분히 활용하면 우리는 '내면적 성장'과 함께 세상을 바라보는 '넓은 안목'을 얻어 집으로 향하게 될 것이다.

Z : 경청(Zuhören)하는 법 여행을 하다 보면 여러 이야기를 만나게 된다. 여행지가 가지고 있는 역사적 이야기일 수도 있고, 현지인이 가지고 있는 문화적인 이야기, 혹은 각자의 이유로 여행을 떠나온 세계 각국의 여행자들의 이야기일 수도 있다. 좀 더 풍요로운 여행을 하기 위해 이 이야기들을 보고 듣고 흡수하는 과정에서 당신은 이야기를 '경청하는 법'을 익히게 될 것이다. 이야기를 경청하는 방법은 인생에서 유용하게 쓰일 소중한 자산이니 일상에서도 경청하는 자세를 잊지 않도록 염두에 두기를 바란다.

당신이 이번 여행을 통해 가져온 기념품은 무엇인가? 이번 여행을 통해 어떤 성장을 했는지 생각해 보라. 굳이 큰돈

을 들여 자신에게 기념품을 선물하지 않아도 여행을 통해
얻은 것이 많다는 것을 실감하게 될 것이다.

# 내가 원하는 삶이 무엇인지 알기 위해
# 길을 나선 사람들에게

● ● ●

최근에 우연히 7년 전에 쓴 메모를 발견했다. 거기에는 당시의 내가 간절히 바랐던 세 가지 목표가 적혀 있었다. 첫째는 책을 한 권 쓰겠다는 것, 둘째는 인정받는 심리 코치가 되겠다는 것, 셋째는 아르헨티나 우수아이아로 여행을 떠나겠다는 것이었다. 다행히 첫 번째와 두 번째 목표는 이룬 상태였지만 마지막 세 번째 목표는 그동안 까맣게 잊고 있었다. 종이에 적혀 있던 '우수아이아'라는 단어를 보고 나는 적잖이 충격을 받았다. 그토록 여러 지역을 신 나게 돌아다녔으면서 어떻게 나에게 의미 있는 목적지를 간과할 수 있었던 걸까? 이루어지지 않은 채 남아 있던 내 삶의 목표를 발견한 순간 나는 당장 이를 실현해야겠다고 마음먹었다. 왠지 모르게 무언가가 그곳에서 나를 기다리고 있을 것만 같은 느낌이 들었다.

그로부터 한 달 후 나는 우수아이아에 도착했다. 우수아이아는 사람이 거주하는 최남단의 도시로 '세상의 끝(El Fin del Mundo)'이라는 별칭을 가지고 있는 곳이다. 7년 전의 나는 세상의 끝으로 가서 여태까지 내가 짊어지고 있던 모든 짐을 내려놓고 그곳을 새로운 출발의 시작점으로 만들고 싶은 마음을 가지고 있었다.

우수아이아는 천천히 걸으며 둘러보기에 좋은 작은 마을이었다. 알록달록한 건물들과 언제 어디에 있던 고개만 들면 볼 수 있는 웅장한 설산이 어우러져 평화로운 분위기를 자아냈고, 남극으로 향하는 크루즈와 요트들이 정박되어 있는 항구는 이곳이 바로 세상이 끝나고 바다가 시작되는 곳이라는 느낌을 주기에 충분했다.

나는 일부러 '세상의 끝' 팻말은 보지 않고 잠시 몸을 녹이기 위해 카페에 들어갔다. 그리고 그곳에서 정말 영화처럼 신기한 일이 일어났다. 커피를 마시고 있는데 누군가가 알은체를 해서 돌아보니 대학에서 나와 함께 건축을 공부했던 동기가 서 있는 게 아닌가! 거의 10년 동안 보지 못했던 그녀를 이곳 우수아이아에서 만나다니 놀라운 마음과 반가운 마음이 동시에 들었다. 대학 입학 초에 우리는 꽤 가까운 사이였다. 서로 과제를 도와주기도 했고, 시험이 끝나면 함께 가까운 곳으로 놀러가기도 했다. 그러다가 그녀가 진로에 대해 진지하게 고민하기 시작했다. 그녀는 이 길이 정말 나한테 맞는 것인지, 앞으로 평생 건축가로 살아갈 수 있는지를 고민하기 시작했다. 그녀의 고민을 함께 나누며 나 역시 내 전공에 대해 진지하게 고민하기 시작했다. 이후 나는 앞에서 말한 것처럼 전공을 바꾸어 새로운 길에 들어섰고, 정작 그녀는 건축과에 남아 있었다. 대학에 다닐 때까지만 해도 우리는 관계를 유지했지만, 대학을 졸업하고 서로의 분야가 달라지면서 소원해져 버렸다.

오랜만에 만난 그녀는 표정이 좋아 보였다. 우리는 여행에 대해 이야기하고, 서로의 안부를 물었다. 나는 그녀가 당연히 건축가로서의 커리어를 이어 나가고 있을 것이라 생각했지만 그녀는 요리사가 되어 뮌헨에서 레스토랑을 운영하고 있다고 했다. 깜짝 놀란 내게 그녀가 말했다.

"대학을 졸업하고 건축 사무실에서 진짜 일을 시작하니 이게 아니라는 생각이 들더라고. 그래서 평소에 취미 삼아 자주했던 요리를 제대로 배워 보면 어떨까 하는 생각을 했어. 물론 쉽지는 않았지만 한 번도 하기 싫은 적은 없었어. 드디어 내가 원하던 인생을 사는 것 같은 느낌이 들었거든. 네가 새로운 길을 찾아 용기 있게 결단을 내리는 모습을 보지 못했다면 나는 여전히 컴퓨터 앞에 앉아 방황만 하고 있었을 거야. 꼭 한 번쯤 너를 만나서 고맙다는 이야기를 하고 싶었는데, 여기서 만나다니 정말 신기하다."

나는 그녀의 이야기에 입을 다물 수가 없었다. 의식하지 못한 사이에 서로가 서로에게 큰 영향을 주고받았다는 생각이 들었다. 그녀의 고민이 내 인생을 바꾸는 계기가 되었고, 내 개인을 위해 내렸던 결정이 그녀가 용기를 내는데 도움이 될 줄은 꿈에도 몰랐다. 곧 그녀가 공항으로 이동해야 하는 시간이 되었고 우리는 서로의 명함을 교환한 뒤 꼭 오스트리아에서 다시 만날 것을 약속하며 인사를 나누었다.

나는 그녀와 헤어진 뒤 꿈에 그리던 '세상의 끝' 팻말을 찾아갔다. 그리고 그 앞에 서서 지금까지의 나의 삶을 돌아보았다. 건축 학교에 들어가고, 전공을 바꾸고, 기자로 생활하다가 결혼을 하고 이혼을 하고 다시 새로운 일에 뛰어들었던 시간들이 스쳐 지나갔다. 7년 전 '우수아이아'라는 단어를 쓰면서 버리고 싶었던 불안과 걱정에 대해서도 생각했다. 그때 나는 내 삶에 찾아온 커다란 위기에 속수무책으로 당할 수밖에 없었다. 나는 내 잘못을 시인할 용기도 없었고 내가 받은 상처를 치유하거나 극복할 엄두도 내지 못했다.

나는 세상의 끝에 도달하기를 간절히 바랐던 과거의 나와 현재의 나를 비교해 보았다. 7년 동안 혼자 여행을 하면서 나는 무엇이 나의 영혼을 불안하게 만드는지, 기쁘게 해 주는지를 알게 되었고, 아주 다양한 상황 속에서 나도 몰랐던 나의 모습을 발견하기도 했다. 그리고 이 시간들을 관통하는 하나의 삶의 의미를 도출해 내었다.

나는 주변 사람들에 긍정적인 영향을 주는 것에서 삶의 의미를 찾았다. 나는 세계를 돌아다니면서 모든 사람이 자유의지를 가지고 있고 그에 따라 자신이 원하는 결정을 내릴 수 있지만, 그 결정이 사회에 미치는 영향까지 고려해야 한다는 것을 깨달았다. 지구 반대편에 살고 있는 사람이 내가 내 나라에서 마음대로 하는 행동에 영향을 받는다는 것을 눈으로 확인했기 때문이다. 게다가 오늘 나에게 일어난 일로 개인과 이 세상, 그리고 모든 일들이 서로 연관되어 있다는 것에 확신을 갖게 되었다. 인류는 작게 보면 모두 개개인으로 존재할 뿐이지만, 크게 보면 지구라는 한 배를 탄 동료

이기도 하다. 그래서 우리는 타인과 주변 환경에 대해 선의를 갖고 행동해야 한다. 나의 이기적인 선택이 이들과 하나로 연결되어 있는 우리 자신에게 해를 끼치는 결과를 초래할 수 있기 때문이다.

우수아이아에서 다시 한 번 삶의 의미를 발견한 그날은 내가 태어난 날 다음으로 중요한 날이 되었다. 내가 이 세상에 존재하는 이유를 분명하게 알게 되었던 것이다.

삶의 의미는 인간의 삶을 움직이는 가장 원초적인 동기다. 우리가 자신의 존재에 대해 어떻게 생각하고 있는지에 따라 어떤 삶을 살지가 결정되기 때문이다. 나에게 삶의 의미는 개인적인 부분뿐 아니라 업무에도 영향을 주었다. 개인 심리 코치로서는 당장 가시적인 성과를 낼 수 있는 코칭이 아니라 의뢰인의 삶에 본질적으로 도움이 되는 코칭을 하고자 노력하고, 기업의 PR 전문가로서는 기업 경영에 가장 효과적이면서도 관련된 사람들에게 긍정적인 영향을 줄 수 있는 전략을 도출해내기 위해 노력하고 있다.

삶의 의미를 찾기 위해서는 먼저 나에 대해 아는 것이 중요하다. 나 자신을 제대로 알고 이해할 때에만 나를 나답게 살게 하는 삶의 의미를 찾을 수 있다. 독일의 철학자 마르틴

하이데거는 다음과 같이 말했다. "과거 어느 때에도 오늘날처럼 인간에 관해 다양하고도 많은 지식을 갖고 있었던 적은 없었다. 하지만 과거 어느 때에도 오늘날 사람들처럼 인간이라는 존재에 대해 알지 못했던 적은 없었다." 그의 말에서 알 수 있듯이 우리는 인간이나 사회에 대한 지식 외에 별도로 스스로를 탐구하고 존재에 대해 알아가야만 한다.

또 다른 독일의 철학자 아르투르 쇼펜하우어는 이를 다음과 같이 표현했다. "인간은 자신이 원하는 것과 자신이 할 수 있는 것을 알아야 한다. 그래야만 자신의 특성을 발휘할 수가 있고, 그래야만 무언가 올바른 것을 이행할 수가 있다." 쇼펜하우어 역시 인간이 자유로워지기 위해서는 우선 자기 자신에 대해 알고 있어야 한다고 말했다. 자신이 진정으로 원하는 것이 무엇이고, 자신이 할 수 있는 것이 무엇인지 알고 있어야만, 삶의 여정에서 발전을 이루고자 할 때 자신의 특성과 재능에 적합한 것을 온전히 실현할 수 있다는 것이다.

오랜 옛날부터 순례 여행은 '자신에게로 돌아오다'라는 의미를 담고 있다. 순례 여행은 개개인을 성장하게 만들고, 자기 자신 및 타인과 좋은 관계를 맺도록 돕고, 영혼의 상처를 치유해 주기도 했다. 『어제의 세계』를 쓴 오스트리아의 작가 슈테판 츠바이크는 순례 여행을 인간 본연의 기품을 되찾을 수 있는 바람직한 길이라고 말하며, 이를 위해서는 기계적으로 길들여진 생활에서 벗어나 우주의 무질서와 자연에 자신을 노출시켜야 한다고 말했다. 츠바이크는 고된 여행을 통해 자신의 내면세계 속으로 깊이 침잠함으로써 무언가 생산적인 것을 이루어 낼 수 있다고 믿었다.

현대 사회의 순례자는 과거처럼 신에게 용서를 구하기 위해서가 아니라 자신과 자신의 삶의 길을 찾고자 여행을 떠난다. 이들은 여행을 하는 동안 문제에 대해 고민하거나 혹은 삶의 위기에 대한 해법을 적극적으로 구하고, 힘겨운 일상에서의 탈출을 축하한다. 과거에 홀로 여행을 하던 이들이 주로 종교적인 동기를 갖고 있었던 반면, 현재 홀로 여행하는 이들은 본래의 자아를 찾고 정신적인 성숙을 이루기 위해 여행을 떠난다.

어느 누구도 삶의 의미를 찾기 위한 여행을 대신 해 줄 수는 없다. 우리는 이 과제를 다른 사람에게 시킬 수도 없고, 다른 사람의 과제를 대신해 줄 수도 없다. 다른 사람이 운전하는 차에 앉아 같은 길을 여러 번 가는 것보다 한 번이라도 직접 운전대를 잡고 목적지를 찾아 나서는 것이 길을 알 수 있는 더 좋은 방법이다. 자신을 찾기 위한 내면의 여행 역시 스스로를 위해 직접 이행해야 한다.

여행을 떠나기 전에 이것 하나만 명심하길 바란다. 당신의 삶에서 주인공은 항상 당신 자신이다. 지금도 나는 자신을 찾아 용기 있게 길을 떠나고 결국 자신에게 도달한 사람만이 누리는 희열을 생생하게 기억하고 있다.

앞으로도 나는 혼자서든 혹은 누군가와 함께든 다시 여행을 떠날 것이다. 또한 살다 보면 예전처럼 어려운 일에 부닥쳐 어찌할 바를 모를 때도 있을 것이다. 하지만 이런 순간은 아주 잠깐 동안만 지속될 것이다. 왜냐하면 이제 나는 어떤 어려운 일이 닥쳐와도 내 삶의 의미를 상기하고는 금세 마음을 추스를 것이기 때문이다. 이제 나는 내 삶의 의미를 알고 있기에, 이를 바라보며 꿋꿋이 나아갈 것이다.

삶은 하나의 여정이다. 길다면 길고 짧다면 짧은 이 여정
속에서 사람들은 각자 숱한 경험을 통해 삶을 완성해 나간
다. 저마다 주어진 삶이 다르듯이 목표도 다르며, 사는 방법
도 제각각이다.

중요한 것은 자기 삶의 주인은 자기 자신이라는 사실이다.
우리는 자신이 진정 원하는 것이 무엇인지 잠재의식 속에는
어떤 가능성이 도사리고 있는지, 또 자신을 억누르는 무언
가 때문에 혹시 왜곡된 삶을 살고 있는 것은 아닌지에 대해
생각하고 고민해 봐야 한다. 자신에 대한 보다 진지한 성찰
을 하지 않으면 삶은 그저 공허하게 일상의 굴레를 맴도는
것에 그치고 말 것이다.

저자 카트린 지타는 정신없이 바쁘게 돌아가는 현대인의
삶 속에서 흔히 잊고 살기 마련인 '자기 발견'을 화두로 삼
아 이 책을 펼쳐 나간다. 이 책에서 말하는 여행은 우리가 흔

히 생각하는 일상을 벗어나 다른 지역의 풍물이나 멋진 정경에 취해 잠시 나 자신을 잊고 여행의 흥취에 젖어 보는 그런 식의 여행이 아니다.

『내가 혼자 여행하는 이유』에서의 여행은 혼자만의 시간을 마련해 주는 중요한 기회이자 자신의 적나라한 모습과 마주하고 스스로에게 이해와 격려를 보내며 새로운 발견을 통해 보다 건강한 삶을 꿈꿀 수 있는 탄탄한 디딤돌을 만들어 가는 과정이다. 여행은 바쁜 일상을 잠시 멈추고 자신을 되돌아보며 가감 없는 자신의 참모습과 만날 수 있는 소중한 시간을 선물한다. 이로써 우리는 가족이나 직장, 친구 관계 등 사회 구성원으로서의 역할을 내려놓고 자기 자신과 솔직한 대화를 할 수 있게 된다.

이 책에서 저자는 유럽, 아프리카, 북남미와 아시아 각지를 여행하면서 얻은 경험을 자세히 들려주고 있다. 어느 때에 어떤 장소에서 무엇을 계기로 자신의 진정한 모습을 발견하게 되었는지, 앞날에 대한 중요한 깨달음을 얻게 되었는지 진솔하게 말해 준다. 더불어 혼자 여행을 하는 과정에서 꼭 필요한 중요한 팁도 소개되어 있다.

『내가 혼자 여행하는 이유』는 여행을 주제로 한 심리 코칭 도서로, 독자들이 진정한 내적 교류와 자기실현을 통해 완숙한 삶을 추구할 수 있도록 멋진 여정으로 이끌어 준다.

　때때로 우리는 삶이 진부하게 느껴지고, 인생의 방향 감각을 상실한 채 정체된 시간을 맞기도 하며 주위의 기대에 얽매여 나의 자유 의지 없이 타인의 삶을 살기도 한다. 이럴 때가 바로 모든 것을 내려놓고 혼자만의 여행을 시도해 볼 때이다. 이 책을 가이드 삼아 당신만의 여행을 떠나기를 바란다.

박성원

— Ariely Dan, 「Fühlen nutzt nichts, hilft aber: Warum wir uns immer wieder unvernünftig verhalten」, Droemer Verlag, 2010.
— Asgodom Sabine, 「So coache ich」, Kösel Verlag, 2012.
— Barreau Nicolas, 「Du findest mich am Ende der Welt」, Thiele Verlag, 2008.
— Berger Alexandra, 「Welches Leben ist meins?: Entscheidungen, die zu mir passen」, Verlag Piper, 2005.
— Bock Petra, 「Mindfuck: Warum wir uns selbst sabotieren und was wir dagegen tun können」, Knaur Verlag, 2011.
— Böschemeyer Uwe, 「Du bist viel mehr: Wie wir werden, was wir sein könnten」, Ecowin, 2010.
— Bösel Rainer, 「Warum ich weiß, was du denkst」, Galila Verlag, 2012.
— Bruker Max Otto, 「Zucker, Zucker」, Krank durch Fabrikzucker, 2008.
— Buckingham Marcus, 「Clifton Donald O: Entdecken Sie Ihre Stärken jetzt!」, Campus Verlag, 2007.
— Charvet Shelle Rose, 「Wort sei Dank: Von der Anwendung und Wirkung effektiver Sprachmuster」, Junfermann Verlag, 2007.
— Cunningham Jane · Roberts Philippa, 「Inside Her Pretty Little Head: A New Theory of Female Motivation and What It Means for Marketing」, Marshall Cavendish Business Verlag, 2012.

— Dahlke Rüdiger, 「Seeleninfarkt Zwischen Burn-Out und Bore-Out: Wie unserer Psyche wieder Flügel wachsen」, Scorpio Verlag, 2012.

— Daspin Eileen, 「The Manhattan Diet: Verlag John Wiley & Sons」, New Jersey, 2012.

— Duhigg Charles, 「The Power of Habit: Why We Do What We Do in Life and Business」, Random House, 2012.

— Dweck Carol, 「Selbstbild: Wie unser Denken Erfolge oder Niederlagen bewirkt」, Campus Verlag, 2007.

— Gardner Howard, 「Abschied vom IQ: Die Rahmen-Theorie der vielfachen Intelligenz」, Klett-Cotta Verlag, 2005.

— Gilbert Elizabeth, 「Eat, Pray, Love」, Berliner Taschenbuch Verlag, 2008.

— Goleman Daniel, 「Soziale Intelligenz.:Wer auf andere zugehen kann, hat mehr vom Leben」, Droemer Verlag, 2006.

— Gonschior Thomas, 「Auf den Spuren der Intuition: BR-alpha」, Herbig Verlag, 2013.

— Gruhl Monika, 「Das Geheimnis starker Menschen: Mit Resilienz aus der Überforderungsfalle」, Kreuz Verlag, 2011.

— Grün Anslem, 「Das große Buch der Lebenskunst: Was den Alltag gut und einfach macht」, Herder Verlag, 2012.

— Hemm Dagmar, 「Die Organuhr: Gesund im Einklang mit unseren natürlichen Rhythmen」, Verlag Gräfe und Unze, 2012.

— Heintze Anne, 「Außergewöhnlich normal. Hochbegabt, hochsensitiv, hochsensibel: Wie Sie Ihr Potential erkennen und entfalten」, Ariston Verlag, 2013.

— Hendrix Harville, 「Ohne Wenn und Aber: Vom Single zur Liebe fürs Leben」, Renate Götz Verlag, 2007.

— Hoffmann Walter, 「Kraftquelle Angst: So nutzen Sie Ihr Frühwarnsystem」, Überreuter Verlag, 2007.

— Jellouschek Hans·Schellenbaum Peter·Wilber Ken, 「Was heilt uns? Zwischen Spiritualität und Therapie」, Herder Spektrum Verlag, 2006.

— Kanatschnig Monika, 「Einfach, achtsam, wirksam: Fokussiertes Führen in einer beschleunigten Arbeitswelt」, Molden Verlag, 2012.

— Kieran Dan, 「Slow Travel: Die Kunst des Reisens」, Rogner & Bernhard Verlag, 2013.

— Klein Stefan, 「Die Glücksformel」, Rowohlt Verlag, 2002.

— Krautwald Ulja, 「Die Geheimnisse der Kaiserin: Fernöstliche Strategien für Frauen」, Piper Verlag, 2010.

—Lipman Frank, 「Revive: Stop Feeling Spent and Start Living Again」, Verlag Pocket Books, 2009.

—Löhken Sylvia, 「Leise Menschen – starke Wirkung: Wie Sie Präsenz zeigen und Gehör finden」, Gabal Verlag, 2013.

—Menzel Stefanie, 「Die Kraft des Herzens: Ein heilenergetischer Weg zur Erweckung der Lebens- und Liebeskraft」, Trinity Verlag, 2012.

—Miedaner Talane, 「Coach dich selbst sonst coacht dich keiner」, Mvg Verlag, 2000.

—Nuber Ursula, 「Das 11: Gebot. Mit Gelassenheit das Leben meistern」, Knaur Verlag, 2010.

—Patterson Kerry, 「Change anything: The new Science of Personal Success」, Piatkus Verlag, 2011.

—Pink David, 「Drive: Was Sie wirklich motiviert」, Ecowin Verlag, 2009.

—Pollmer Udo, 「Wohl bekomm's! Prost Mahlzeit!」, KiWi Verlag, 2006.

—Röthlein Brigitte, 「Anleitung zur Langsamkeit」, Piper Verlag, 2004.

—Rubin Harriet, 「Soloing: Die Macht des Glaubens an sich selbst」, Fischer Verlag, 2003.

—Sandberg Sheryl, 「Lean In: Women, Work and the Will to Lead」, Random House. 2013.

—Salcher Andreas, 「Erkenne dich selbst und erschrick nicht」, Ecowin
Verlag, 2013.

—Satir Virginia·Englander-Golden Paula, 「Sei direkt: Der Weg zu fairen
Entscheidungen」, Junfermann Verlag, 2002

—Satir Virginia, 「Kommunikation, Selbstwert, Kongruenz: Konzepte und
Perspektiven familientherapeutischer Praxis」, Junfermann Verlag,
2004.

—Schaffer-Suchomel Joachim, 「Du bist, was du sagst: Was unsere
Sprache uber unsere Lebenseinstellung verrät」, Mvg Verlag, 2006.

—Scheucher Gerhard·Steindorfer Christine, 「Die Kraft des Scheiterns:
Eine Anleitung ohne Anspruch auf Erfolg」, Leykam Verlag, 2008.

—Scheuermann Ulrike, 「Das Leben wartet nicht: 7 Schritte zum
Wesentlichen」, Knaur-MensSana Verlag, 2011.

—Schwartz Barry, 「Anleitung zur Unzufriedenheit: Warum weniger
glücklicher macht」, Econ Verlag, 2004.

—Seneca, 「Über die Ausgeglichenheit der Seele」, Reclam Verlag, 1984.

—Stelzig Manfred, 「Keine Angst vor dem Glück」, Ecowin Verlag, 2008.

—Tracy Brian, 「Das Maximum-Prinzip: Mehr Erfolg, Freizeit und
Einkommen – durch Konzentration auf das Wesentliche」, Campus
Verlag, 2001.

—Wansink Brian, 「Essen ohne Sinn und Verstand: Wie die
Lebensmittelindustrie uns manipuliert」, Campus Verlag, 2008.

—Watzlawick Paul, 「Anleitung zum Unglücklichsein」, Piper Verlag, 2013.

—Wehrle Martin, 「Karriereberatung: Menschen wirksam im Beruf
unterstutzen」, Beltz Verlag, 2007.

—Weidner Christopher A., 「Keine Zeit und trotzdem glücklich! Wie Sie die
Kostbarkeit des Augenblicks entdecken und Ihren Rhythmus finden」,
Knaur Verlag, 2008.

**옮긴이 박성원**

이화여자대학교 독어독문학과를 졸업한 후, 한국외국어대학교 통역번역대학원에서 한독과 국제회의 동시
통역을 전공했다. 2005년 프랑크푸르트 국제 도서전에서 〈한국의 책 100〉 번역자에 선정되었다. 옮긴 책
으로는 『마음의 오류』, 『모두가 열광하는 셀프 마케팅 기술』, 『사랑은 금발을 부른다』, 『나를 사랑하는 사람
은 누굴까?』, 『리더십: 소크라테스부터 잭 웰치까지』 등의 작품이 있다.

# 내가 혼자 여행하는 이유

7년 동안 50개국을 홀로 여행하며 깨달은 것들

**초판  1쇄 발행** 2015년 7월 30일
**초판 30쇄 발행** 2023년 5월 22일

**지은이** 카트린 지타 **옮긴이** 박성원

**발행인** 이재진 **단행본사업본부장** 신동해
**편집장** 조한나 **마케팅** 최혜진 최지은 **홍보** 반여진 허지호 정지연
**국제업무** 김은정 김지민 **제작** 정석훈

**브랜드** 걷는나무
**주소** 경기도 파주시 회동길 20
**문의전화** 031-956-7208(편집) 031-956-7127(마케팅)
**홈페이지** www.wjbooks.co.kr
**인스타그램** www.instagram.com/woongjin_readers
**페이스북** https://www.facebook.com/woongjinreaders
**블로그** blog.naver.com/wj_booking

**발행처** ㈜웅진씽크빅
**출판신고** 1980년 3월 29일 제406-2007-000046호

한국어판 출판권 ⓒ 웅진씽크빅 2015
ISBN 978-89-01-20477-2 03850

걷는나무는 ㈜웅진씽크빅 단행본사업본부의 브랜드입니다.